桑梓鄉音

林依标 著

海峡出版发行集团
海峡文艺出版社

图书在版编目(CIP)数据

采采乡音/林依标著. — 福州:海峡文艺出版社,
2011.6(2025.4 重印)
ISBN 978-7-80719-619-8

Ⅰ.①采… Ⅱ.①林… Ⅲ.①散文集－中国－当代 Ⅳ.①I267

中国版本图书馆 CIP 数据核字(2011)第 112430 号

采采乡音

林依标 著

出 版 人	林　滨
责任编辑	蓝铃松
出版发行	海峡文艺出版社
经　　销	福建新华发行(集团)有限责任公司
社　　址	福州市东水路 76 号 14 层
发 行 部	0591－87536797
印　　刷	福建省地质印刷厂
厂　　址	福州市红江路 6 号金山工业区浦上工业园 C 区 17 栋
开　　本	787 毫米×1092 毫米　1/32
字　　数	130 千字
印　　张	10.375
版　　次	2011 年 6 月第 1 版
印　　次	2025 年 4 月第 2 次印刷
书　　号	ISBN 978-7-80719-619-8
定　　价	39.00 元

如发现印装质量问题,请寄承印厂调换

作者自题书名

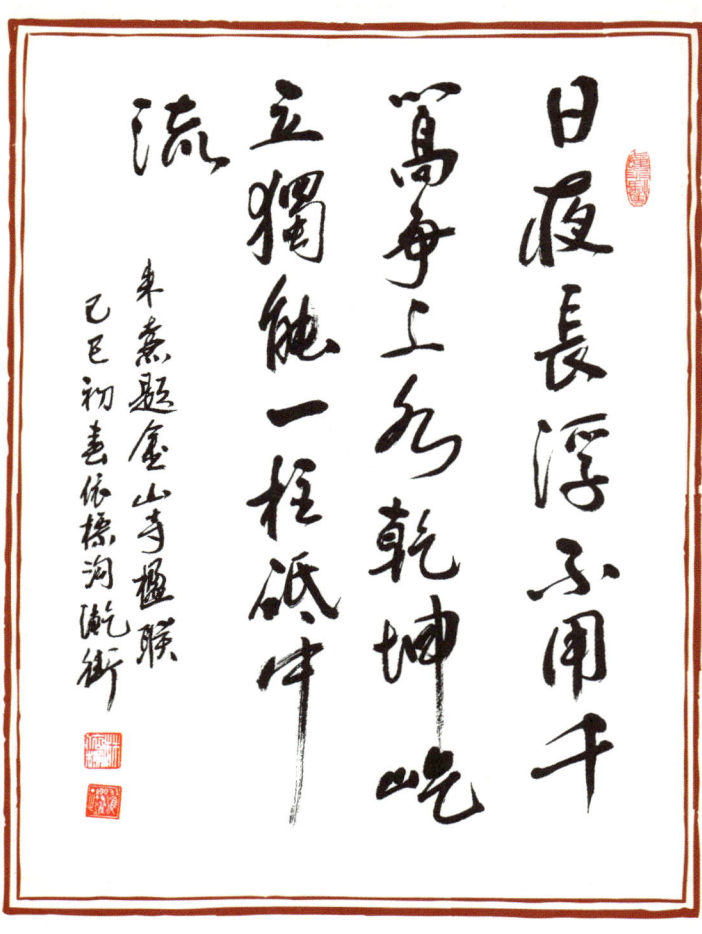

作者录朱熹题福州金山寺楹联自书

序

"乡土是根植在心头的榕树，永远長青。乡村文化是滋润心灵的江水，永不枯竭。""童年是首无题的乐章"。"童年乡村野散发着泥土的芳香"。我对四季的记忆始于童年。春天在老屋天井的小雨中嬉戏；夏天在湘江里激游；秋天去后山的果林上偷摘水果；冬天光着脚丫踩在泥泞的小路。童年是生命花园里最初、最美丽的花儿，永难忘却。林依柏同志写的《乡野童趣抹忆》一书，就是这样勾勒出他童年时代在乡村的真诚纯朴的内心世界和勇敢抗争、聪明伶俐的童年生活的。我一口气读完这本书的初稿，一位无忧无虑、天真无畏、一尘不染、返朴归真的纯真童心跃然在眼前，给予

陈征手稿

我捧着她老人家那又冰凉的手，心里一阵阵痛楚。那一刻，我祈求我的呼唤，能穿过阴阳之隔，唤回她向她诉说思念与不舍。那晚，我独自守在房里，亲眼见证她渡过最后的阶段："稿焚静不欲生，子欲养而亲不待"。人生最大的悲哀莫过于此。彩兒认为，那时如果有钱可以送老人家去医院，必不至活受罪。她走时86岁，现于每年的农历五月初三，我和弟弟都会去贵妃家给她烧纸钱。每年的清明节都要去老人家坟头除草，放上她生前爱吃的糕饼。

母親说，外婆在最后几天拒绝吃喝，因为她怕小孩们饿，她不想拖累子孙，说明她走时还十分清醒。对外婆的深深思念，一直鼓励着我们后辈。外婆一家以礼仁之道去矫正我們的言行，把她的人生哲理在家族里代代相传，不止是老人的苦心教诲。

作者手稿

序

小曼 陈征

"乡土是根植在心头的榕树,永远长青。乡村文化是滋润心田的江水,永不枯竭。""童年是首无主题的乐章。""童年的村野散发着泥土的芳香。我对四季的记忆留在童年:春天在老屋天井的小雨中嬉戏;夏天在闽江里畅游;秋天去后山的果树上偷摘水果;冬天光着脚丫踩在泥泞的小路上。童年是生命花园里最初、最美丽的花儿,永难忘却。"林侬标同志写的《采采乡音》一书,就是这样勾画出他童年时代在乡村的真诚淳朴的内心世界和勇敢机智、聪明活泼的童年生活。我一口气读完这本书的初稿,一颗无忧无虑、无拘无畏、一尘不染、返璞归真的纯洁童心活跃在眼前。我十分高兴，这是我国传统道德和人与自然之间关系的"天人合一"的最生动的写照，也是"人之初、性本善"的深刻揭示。林依标博士是长期从事研究土地问题的专家，现任福建省政府副秘书长，在日理万机的同时，还能忙里偷闲，写出这些生动活泼、奇妙有趣、深刻地领会人生、确切地体会自然、思想境界高、观察问题细致入微的佳作，真是十分难得。我国明代杰出思想家李贽所写的《童心说》，是划时代的重要文章；我国现代大文豪冰心的代表作《寄小读者》，早已享誉海内外；依标同志的散文延续了童心童趣的生动刻画，做出了"人法地、地法天、天法道、道法自然"[①]、人与自然之间的深刻揭示，立意深远。此书将付梓，林公嘱为序，欣然领命。匆言草就，兴犹未减，信手拈来，遂成一律。诗曰：

别梦依稀忆幼年，坦真淳朴自由天。

且将五彩生花笔，写出人间绝妙篇。

李氏《童心》冰氏《寄》，林家新著一家言。

而今鼎足三分立，今古同歌大自然。

2010年1月26日于资红书屋

（陈征，福建师范大学原校长、教授，中国《资本论》研究会原副会长）

---

① 《老子》第二十五章。高亨译为："人要效法地、效法天、效法道，就是效法自然，遵循自然的规律，而不做作。"见于高亨著《老子注释》，河南人民出版社1980年版，第64页。

自序一

舒怀

与友人聊天,童趣时常是生动的话题。友人说,何不写下来。友人的鼓励催我打开了记忆之闸。

和大多数20世纪50年代出生的人一样,缺衣少食是童年深刻的记忆。但那些艰难的日子,灰色从来不是主色调,记忆总被绚丽的色彩、芬芳的香气所围绕:后山的荔枝滋润着口舌,闽江的潮水抚摸着双臂,还有池塘里的虾蟹鱼、门前的橄榄龙眼……它们满满当当地装扮了我的整个童年。童年是如此快乐,它带来了知识——丰富的田野知识,带来了自信——让我一路走来,坚强面对人生。

每个行走都市的乡村人,都割不断身后那片泥土上深情凝望的目光。我从乡村走来,乡村滋润了我的人生,丰富了我的视野,让我变得敏锐而多情。故而,每周我都会抽空回老家,既为看望母亲,也为重温儿时的记忆,更为追忆失落在"现代化"之中的乡村。往事渐行渐远,为了给自己留下一些记忆,我努力用文字留住那些美好的片段。

是为序。

2011年2月

自 序 二

《采采乡音》里的文章,一些朋友表示喜欢,说是从那些乡土之恋的述说中找到了自己的影子。朋友们的谬爱与鼓励延续着我的记忆与思维,左顾右盼中总觉得还有一些事儿没说完,所以陆陆续续又写了几篇。写完《小巷深深》,我松了一口气,算是把儿时的事儿大体都记录下来了。我将这些文章送给舅舅看,他说:"写得有趣,有些事你记得很清楚,与我儿时的记忆相似。"我将这些文章拿给女儿看,她说:"爸爸你写的是什么地方?老家不是这样的。"时过境迁,儿时的记忆对她们这代人来说不一样了,看来怀旧可以勾起一些人的共同回忆，而另一些人只能心向往之。

日本著名电影演员高仓健有很多中国朋友，每有中国朋友回国，他都去送，站在欢送的人群之外，不让被送者发现，在远处默默地注视着朋友，并深深鞠躬。他是内心送客，求得心灵的慰藉。我一直将《采采乡音》搁在床头，不时拿出来翻翻，看自己的小文，更看那些文后的评论，品味不同视角的解读折射出的不同心态。它们又带我回到那个年代、那个情境，我平静的心常常被朋友们这些真切的点评而感动，采采乡音，这何止是我一人内心的亲近与呼唤，它是所有朋友和一切热爱故土与自然的赤子们的共同呼唤！每念于此，内心总是十分庆幸，十分慰藉。

近年，福州市教育部门要求乡村小学编写乡土教材，将各自村社的历史、人文、趣闻，记载编辑。我的中学同学中有几位是小学校长，他们希望选取一些《采采乡音》里的文章，编入乡土教材，将家乡的过去告诉小朋友，告诉未来。这又是一件慰藉心灵的事。

应了朋友们的鼓励,又增加了《邻居》《奶奶的"缸灶"》《老树》《小巷深深》4篇近年陆续补缀的记忆。

一个人一辈子能做成的事不多,《采采乡音》是我做成的一件事。

2015 年 2 月

目　录

001　童年是首无主题的乐章

008　夏是那一段段精致的华彩

015　夏 之 鱼

028　夏 之 果

039　夏 之 泳

049　夏 之 夜

063 春 之 声

071 秋 之 章

079 春 之 芽
　　　——春天的"种""养"

089 我的"戴帽中学"

100 篮球缘分

111 我的外婆

125 外婆留给我的"两碗汤"

141 农村供销社

152　我的第一双尼龙袜

160　我的小学老师林明文

172　龙舟竞渡

182　老　屋

196　小巷深深
　　　——关于童年的如歌散板

225　邻　居

237　老　树

250　奶奶的"缸灶"

261　在消失中回忆

附录一

271　　从磨刀石谈开去

附录二

277　　军旅生涯亦难忘

附录三

301　　读《采采乡音》有感 / 林义良

302　朝花夕拾花愈芳
　　　　　——简评散文集《采采乡音》/ 军旅途中

304　朝花如何夕拾
　　　　　——读《采采乡音》/ 林滨

308　后　记

童年是首无主题的乐章

村野童趣犹堪忆

周末,驱车回老家。行至三环路,已近黄昏,落日正是辉煌时,车外所有景物都披上了金灿灿的外衣,夕阳无限好!不经意间,一个熟悉的身影跃入视野:一个老人独自在江边路堤上漫步,余晖斜照在她身上,银发也镀了一层金边,微驼的身躯拉出长长的影子,仿佛一座塑像。温柔忽然从我心里漾开来,记得童年时,经常在外面玩得忘了回家,每到晚饭的时候,外婆也常常在这满天落霞之中出来寻我,一看到她的身影,我就赶紧飞奔回家。外婆的身影就这样深深地烙在我的脑海里。驱车近前,那是我的妈妈。时光如梭,四十多年弹指而过,年年花相似岁岁人不同，当年垂髫小童的我如今也鬓添银丝，外婆的身影只留在我的心里了。童年时光像沙漏，似水流年，随着逝去的光阴渐渐远去，即使用力抓住，也只能眼睁睁看着它从指缝中溜走，不留痕迹。幸好，还有记忆。童年的村野散发着泥土的芳香，我对四季的记忆留在童年：春天在老屋天井的小雨中嬉戏，夏天在闽江里畅游，秋天去后山的果树上偷摘水果，冬天光着脚丫踩在泥泞的小路上。童年是生命花园里最初、最美丽的花儿，永难忘却。

我的家乡在福州建新，地处福州西南，三面临水，夹于乌龙江和闽江（又称白龙江）之间，闽江在此分为南北港。境内水系密布，土壤肥沃，是福建的三大花乡之一，素有花果鱼米之乡的美誉。我家住在建新镇的洪塘沟乾街五块石，门口有一条小青石板铺成的路。这条石板路曾在金庸笔下出现过，《笑傲江湖》里的林平之家——福威镖局，"在福州西门外，有一条长长的向西去的石板路"确有其事。这条石板路从西门延伸到凤凰池、祭酒岭，经过我家门前直到淮安，最后止于闽江，给这个安宁小镇平添了几分江湖味道。

建新历史悠久，先秦时期即有郡名，明朝凤岗花卉盆景和洪塘篦梳闻名海外。水果亦久负盛名，尤以东岭龙眼、刘宅荔枝、淮安橄榄、周宅白沙枇杷、建华洲雪柑、岩洲福橘、西山番石榴、后巷巨峰葡萄等闻名遐迩。蔡襄《荔枝谱》："延迆、原野、洪塘、水西尤其盛处，一家之有至于万株。"每年秋季果实成熟，"红实星悬，

绿阴云护，提筐而来者，讴歌盈途"。境内山清水秀，环境优美，岛貌风光，得之天成。金山寺屹立在洪塘的闽江中间，河虾、白刀鲈鱼、黄尾仔、沙康鱼、江鳗等，亦让人垂涎。

建新还是著名"文儒之乡"，历史上出过73名进士，明代陈京叔侄、兄弟二十多户皆"书香门第"，嘉靖皇帝御赐"儒族"牌匾。洪塘文风尤盛，有进士29人，闽剧亦发源于此。如今的建新镇更是人文荟萃，西头的大学城坐拥福州大学、福建师范大学等大中专院校，十万师生云集，成为建新的人文新景。

网友留言

✉ **新浪网友**　2009-08-15 22:20:56

最喜欢这一句：每到晚饭的时候，外婆也常常在这满天落霞之中出来寻我，一看到她的身影，我就赶紧飞奔回家。

淳朴中含亲情，平实中蕴大美。耐人寻味。

✉ **忠恕**　2009-08-24 22:47:08

读到外婆那一段，我有点想哭。

✉ **新浪网友**　2010-06-02 23:57:18

从不曾知道自己的家乡竟有如此悠久之历史。只知道，我是福州人，祖籍在建新刘宅，那个从未曾住过的地方。自我出生前很久很久，父亲就跟爷爷奶奶住在下店了。建新在我到不了的远方。只知道那里曾经是村落，有我们的宗室祠堂。长大后去过建新，那时已然高楼耸立，再没有了想象中的田地、砖瓦房、野狗、野花、水牛……现在在福建农林大学念书，离建新很近很近，可是那里却充满了陌生的气息。新建的楼盘豪宅富丽堂皇，却没有了乡土的气息。建新果然成了到不了的远方。

✉ **新浪网友**　2010-06-09 12:52:09

生活在这个世界上，没有人能离开文字，尤其对于身为记者的我。我必须靠码文字来赚稿费，来养活自己。说得好听点，笔下的文字是燃烧着时代激情的火；说得难听点，记者的文字是被时代牵着走的牛。我虽然常有文章，但如此功利，厚厚的外套把本该轻盈的文字压得有些喘不过气来。

好在即便自己不能再写出单纯的文字，却有幸拜读了别人单纯的文字。

这份单纯，属于家园。"每个行走都市的乡村人，都割不断身后那片泥土上深情凝望的目光。"它将引起多少共鸣！借用这个句式——每个拼搏于喧嚣之中的过客，都割不断心底那片家园上深情凝望的目光。"家"是文学作品常见的母题，也是所有游子都绕不开的一种情结。

这份单纯，属于童年。记得年幼时，我的头在嬉戏中不小心撞到桌角，痛哭之余总要自问"1+1=？"，然后自信地回答出"2"，以此证明自己没有撞成脑震荡；童年的单纯，现在想来兴趣盎然，再读别人的童年，是一种幸福的分享。

✉ **江南客**　2010-06-11 19:24:12

故乡是心安放的地方，双脚可以离开，心却永远不能。因为故乡有我们熟悉的风景、风物、风情，更重要的是故乡还有我们挚爱的亲人。

✉ **新浪网友**　2011-02-21 14:58:02

在故乡的落日余晖中，看到母亲的身影，追忆四十多年前外婆的身影，开启童年回忆，温馨之中掠过一丝淡淡的幽伤，再联系作者下车搀扶母亲一同回家的背影，一股浓浓的亲情已在读者胸中涌动。

夏是那一段段精致的华彩

青葱少年

"解放啦!"我们拎着书包冲出学校。

暑假是孩童时候最开心的日子,后山的水果诱惑着我们的眼睛,池塘的鱼虾勾动着我们的口水。呵呵,那片碧绿的池塘,是我们的王国,是快乐源泉。暑假的日子过得舒服而惬意,每一天都充满了乐趣。往往直到快开学时才想起暑假作业还没完成,而且不知道把作业本放在哪里,找都找不到。

每天清晨,我都在百鸟交响乐中醒来。我家的后山是鸟的乐园,白头翁、黄莺、麻雀、布谷、野鸽子等许多叫得出叫不出名字的鸟儿栖息其中。在第一缕阳光照上山林之前,后山的百鸟演唱会早已开场。这时候我往往随便扒拉几口早饭,就招呼伙伴去后山抓金龟子。后山的山坡上种了很多黄皮果树,这是金龟子最喜欢的憩息地。拨开带着晨露的叶子,金龟子安静地附在树干上,在酣然大睡中成了我们的战利品。金龟子最有趣的玩法

就是用来做飞车。用竹片制作"T"形的飞车,用缝衣线绑住金龟子的大腿,双手搓转竹竿,飞车会旋转上升。当飞车旋转时,金龟子就飞起来,并且依惯性不断地飞转,看上去就像个陀螺,非常有趣。

夏天经常会下阵雨,在山雨欲来之时,蜻蜓会贴着池塘低低地盘旋,要抓到它们并不需要"铁掌水上漂"的功夫,"小侠"们自有妙招:蜘蛛网蘸水会产生黏性,我们就收集很多蜘蛛网把它们蘸上水,装在竹竿的尾端,到池塘边粘蜻蜓,一粘一个准。近中午了,知了的聒噪在燥热的天气里格外刺耳。"知了叫,荔枝红",这个

夏是那一段段精致的华彩

时节也是荔枝成熟时。往往都是在午饭之后，我们顾不上午睡，扛着竹竿就去后山粘知了。知了一般都躲在树叶稀疏的树干处，一粘就牢。当然，有时候被鲜嫩欲滴的水果逗引得馋瘾大发，也就顾不上知了，忙不迭向各种时令水果下手。午后带着没吃完的水果，又向江边进发。不一会儿，一个个黑糊糊的小脑袋就在江水之间忽隐忽现了……

那一件件无忧无虑、不知愁滋味的童年趣事，把物质匮乏年代的种种忧愁与哀怨，都冲淡、抹平了。

网友留言

✉ **忠恕** 2009-08-24 22:40:56
观先生幼时童趣，顿时唤起了我对童年的快乐回忆。那时也是三五孩童结伴挖地瓜、采桑子、抓螃蟹、钓田鸡。但比起您把金龟子玩成"直升机"、用蘸了水的蜘蛛网粘蜻蜓,我们还是缺乏了一点想象力。正如您所说,童年是首无主题的乐章,童年的一切都显得那么美好(即使物质可能相对匮乏)。

✉ **新浪网友** 2009-08-30 11:10:48

换到当下,显然林先生不是家长、老师心目中的"好孩子"。粗读文章,我们以为这些孩子很顽皮;可细细揣摩,还是能感受到乡村儿童(少年)所拥有的单纯与小小智慧,值得怀念。

✉ **王 zh** 2009-09-13 10:43:12

结尾收得好,随手一笔,别有意味,自然就有了历史感和新的意境。

✉ **新浪网友** 2010-06-05 16:30:18

会玩的孩子才聪明。观先生童年时的顽皮大胆、机智果敢,足可见美好童年会在无形中影响着一个人的一生,正所谓"三岁看大"。

✉ **新浪网友** 2011-02-21 14:58:47

开篇一句"解放啦", 直接将读者拉入场景,身临其境地感受孩童的躁动与喜悦。用金龟子做风车,用蜘蛛网抓蜻蜓,活泼生动,趣味盎然。虽然与现在以游戏机、电脑等高科技产品为主体的娱乐相比,这些玩法似乎低级,但那种快乐也是今天的孩子无法想象和拥有的。

　　文章结尾看似平常，实为点睛之笔，意味深长，使全文升华。

夏 之 鱼

采采乡音恋恋乡情

外婆家附近有两口池塘,靠山的那口有一百多亩,小的一口与外婆家后门仅隔20米左右,约有30亩。两口池塘都是汇妙峰山、笸梳山的水而成。妙峰山高约300米,山上古木苍郁,深谷流涧,朝则云雾缭绕,晚则松涛声声。古有"妙峰十景"之美誉。十景之最的"晒云岗",长岗与朝岚交映,暝烟共夕照争辉,山之巅有妙峰寺。笸梳山则像一整个巨大而平滑的花岗岩,因上百年来晾晒笸梳而得名。池塘水源充足,常年不枯,宛如晶莹通透的碧玉静卧于山下。屋后的这口池塘,四周长满了草,池塘中有少许水浮萍,开着朵朵蓝色小花,蜻蜓时常驻足其上。蜻蜓交配常在飞动中进行,因此也常常看到雌雄两只蜻蜓叠加在水上飞舞。池水清澈透明,鱼虾悠然可见,时而有彩色的水鸟"嗖"的一下突然从水面掠过,留下层层涟漪和天空一个黑点。池塘东侧是一条约宽 1.5 米、深 2 米的水沟,自流通往闽江,有千米长,人行走的地段就有一块大石板盖在沟上,供人通行。我家地名"五块石",即因五块巨大的盖石而得名。池水上涨时,水从渠道泄往闽江。沟池交界处有一个小栅栏(格栅),有铁箍的缆柱,防止鱼顺水逃走。这池塘就像一个舞台,儿时的我们在那里获得了无穷的乐趣。

抓　　鱼

春夏之交时有暴雨,池水暴涨,从水沟流向闽江。池中鱼顺流而下,而闽江鱼又逆水而上,交汇在水沟处,这正是抓鱼的大好时机。雨过天晴,孩子们都带着锄头

和畚箕等工具赶到沟边抓鱼,先到的自然占据有利位置。我总是不落人后,脱去上衣,挽起裤管,蹚到水沟中,将畚箕插在水沟中间,用泥巴、石头把两边堵严实。鱼被水冲到畚箕中,只要捡起来即可,晚餐桌上总能尝到小鱼小虾的美味。

摸　　蟹

蟹有三种抓法：第一种是直接到石缝中抓。池岸是用石头砌成的，螃蟹都蜗居在这些石缝之中。石缝有大有小，里面可能是蟹，也可能是胡子鱼或者水蛇（无毒）。小时候胆子很大，碰到大的石缝，不管三七二十一就会伸手去抓，也不管里面有什么。第二种是到菜地抓螃蟹。菊黄蟹肥，每到深秋西风起，特别到了下半夜，因为太冷，螃蟹就从池塘爬上岸边的菜地，躲在菜叶子下，往往束手就擒。这时节的蟹最肥，长着深红的蟹黄或肥膏。第三种是钓蟹。钓蟹一般在夏季，把铁丝弯成一圈，将蚯蚓串在铁丝上伸到石缝边慢慢引逗。蟹闻到美味，伸出大钳夹住蚯蚓并慢慢咬住，这时只要将铁丝圈慢慢提起，就可以看到紧紧夹住蚯蚓的蟹。在蟹离水面还有10~15厘米时要用网去兜，从侧面轻轻并迅速地将蟹捞起。一定要眼明手快，否则一离开水面蟹就会松开钳子逃入水中。

夏之鱼

钓　　鱼

工欲善其事，必先利其器。钓鱼首先要准备好渔竿、渔钩、鱼绳、鱼饵、浮标、锡坠等。

渔竿一般用竹子做，但是用竹子做渔竿有个坏处，就是容易从中间折断。为防竹断，我们到山上把竹子砍下来后，都要将每个竹节用火熏烤，这样做出来的渔竿比较坚固耐用。

做成鱼绳。在渔竿的顶端钻个小孔，将绳子穿过小孔拉到竿的正中间绑住，既可防竿折断，也方便掌控上钩的鱼。

做渔钩。渔钩比较容易制作，就是把缝衣针烧红折弯做成渔钩，但跟商店卖的渔钩有一点不同——没有倒刺，需要有较高的钓鱼技巧。

要让渔钩下沉到准确的位置，必须要有锡坠，牙膏皮上的锡是做锡坠的好材料。将牙膏管口部分的锡皮剪下，熔化成锡水。另外找一个地方将泥土夯实，把筷子粗的那端折下1.5厘米长,做成模,拿一根草茎放在中间,将锡水倒入使草茎熔化,锡坠就做成了。

将芦苇两头扎紧,就成了浮标,用红漆刷成红色,以使鱼线在水中标志明显。浮标的浮力与锡坠的重量要相称,若鱼碰(咬)钩,浮标就是"消息树"。

鱼饵有两种,一种放在渔钩上,有油炸蚂蚱米团、蚯蚓、香蕉叶等,根据不同的鱼选择使用。另一种沉在水里,俗称"糠饼",下钩前放下去,"糠饼"的香味将池塘的鱼虾引诱过来。制作"糠饼"的工序比较复杂:首先要将大米放在锅里炒黑后碾成粉,用米汤合成泥;再把一个瓦片磨成直径5厘米并在其中间钻个洞,做成类似孔方兄的饼,中间穿一根20厘米长的小木柱,底下留5厘米,这是放渔钩的距离;将前面的米泥浇上,依木柱堆成锥形,然后放在太阳下晒一个星期左右,"糠饼"就制作好了。在"糠饼"中间穿一条15厘米长的木条,用粗绳绑住,把木条上端漆成红色,露出水面时可作为标志,"糠饼"就可以用了。钓鱼的时候把"糠饼"放入水中,会散发出米香,又不会很快溶化,就会引来许多鱼虾吞食。这时再将鱼饵放在糠饼边上,就会有很多鱼虾上钩,碰到"大家伙"的几率也很大。

会钓鱼的人,懂得根据浮标的变化来判断鱼的种类。鲮鱼、鲢鱼、草鱼上钩了,就一咬到底,浮标一下就不见了,而再浮上来时,也就是发现有鱼想逃脱;虾和蟹疑心很重,对鱼饵是慢慢拉拖,咬咬放放;鲫鱼会轻咬

轻拉鱼饵，尤其是小鲫鱼，有时候只咬鱼饵多出渔钩的部分，将鱼饵拖出来，如果没经验斜拉渔钩，就可能会使鱼饵脱落，或者只剩下一半鱼饵。鱼咬住渔钩后要斜拉，在水中运行，将鱼拖累，才能出水，否则大多数时候可能将鱼嘴拖裂，或者脱钩甚至断竿。钓鱼是需要耐心的。若干年后，我到长乐挂职时还钓了一次，收获颇丰。看来小时候钓鱼的功底还在。

钓　　虾

钓虾是所有垂钓里面较有意思的，闽江的水清澈见底，过程清晰可见。将小红蚯蚓的饵钩放下，蚯蚓尚在蠕动，虾就会从石缝中爬出来，先用两个前钳，夹拖鱼饵，咬一点点，慢慢拖，有时甚至会将鱼饵拖到石缝中。这时看不到鱼饵，只能凭感觉和时间来判断是否被完全吃进去，以及何时可以提竿。这样钓的虾个儿都比较大。

这种乐趣不仅仅是战果的收获,还包括过程的收获,与虾斗智斗勇的收获。

"池 翻"

"池翻"是俗语,指池水因气候变化而缺氧,导致整池鱼都死掉。儿时我遇到过两次"池翻"。这种情况多出现在夏天,几次高温、暴雨交替后,如果再突然高温,就可能"池翻"。鱼都浮到水面张开嘴巴"吧嗒吧嗒"呼吸,接着就翻肚,最后死亡、下沉,隔天腐败后上浮。我们可不会坐等鱼死后才捕抓,一般在鱼张嘴或翻肚时就打捞。但鱼是人工饲养的,那时由洪光生产队和果林场分别管理。于是我们就与看塘人"躲猫猫":一伙人分成几拨,见到看守过来,一拨人就跑,引看守去追,另一拨人乘机下去抓鱼。此时鱼已完全没有活力,每次我们都满载而归。

洪水记趣

每年夏季的端午节前后,都是洪水季节,老家地势低洼,故名"洪塘"。内涝时水排不出去,周边的水都汇到家门口,将近1米深,漫延两百多米。鱼因水涨也

都漫出池塘，到处乱游。大人们就用渔叉去叉，用网去捕，而我们就砍来香蕉树，用竹竿和绳子从中间绑住，再将门板铺在上面，做成"竹排"，在水上到处徜徉，玩得十分惬意。有时洪水退去要好几天，玩的时间也就有好几天。但是，忘乎所以时也往往有尴尬事发生，由于长时间泡在不干净的水里，皮肤会发白，特别是脚趾缝会发炎甚至溃烂，俗称"痂指"，十分疼痛。

洪水季节也十分危险，那时堤坝矮小且很不牢固，时常有决堤之虞。一旦洪水上了警戒线，村里就要敲锣，通知大家搬到高处去。我们这一带的人，就带着铺盖去旁边的小学避洪灾，小学是山上的两座庙（一座叫"真人庙"，另一座叫"大王庙"）。大家都住在教室里，点着煤油灯。我们兴奋得到处乱窜，跑来跑去，久久不去睡，个个觉得很好玩，又不要上课，根本没有受灾的感觉。洪水退了，我们这些小孩反而才悻悻地回家。

网友留言

✉ **首邑土人**　2009-09-13 18:58:16

孩提时，河里摸鱼、溪里找蟹等是学习之余最乐之事，得益于那时河之清、水之美，可谓人与自然相处和谐。如今，也就不过20年光景，再也难觅昔日那童真趣事的胜景了！

✉ **新浪网友**　2009-12-11 15:27:57

妙峰长岗、碧水池塘，环境优美；抓鱼摸蟹、钓鱼钓虾，童趣纯真。一句"洪水退了，孩子们反而才悻悻回家"幽默诙谐、形象生动地刻画出孩童的单纯和快乐。纵使时光不再，年华不再，那充满童稚童真的孩提时代也绝不会随岁月的流逝而衰老，而只会在时光的润泽中历久弥新。

夏 之 果

建新素有水果鱼米之乡的美誉。每年初夏，即开始采摘水果，我们大饱口福的时候便也来了。黄皮果、桃子、杨梅、荔枝、龙眼、香蕉、李子、柚子、橄榄、甘蔗、橘子等，甚至水果还没成熟，果皮仍发青时，我们

就尝着吃，从生吃到熟，反胃、拉肚子或便秘时常发生。最有意思的是摘水果的经历。

摘　柚　子

我家后门住着一位叫依水姆的老人。她家有两口水井，井边有两棵柚子树，一棵在围墙内，一棵在围墙外。围墙内的是"白蜜"，围墙外的是"红蜜"，伙伴们瞄准的是围墙外的"红蜜"，因为下手容易。起初是爬上树摘，有时也会用竹竿去敲，但效果不好，因为水井边时有人来，偷摘自然很紧张，所以一般情况下合作进行。我爬树技能差，多数是在树下望风，可爬树摘果的小伙伴摘柚技术也不怎么样，往往很长时间还摘不下来，用竹竿敲也极难打下来。大家就去看大人们摘柚子，只见他们轻轻往上托着柚子底部，摘得十分容易。大家恍然大悟，原来柚子蒂很长，树枝的柔韧性很好，不易摘也不易打下来,但柚果与蒂之间很容易脱离,大人们利用这个特性采摘。知道后就好办了,大家拿着竹竿来到树下,对准柚子底部往上一捅,就把柚子捅下来了,所以叫"捅柚"。学会以后偷摘柚子的时间节省了很多,收获也多了。虽然还有被依水姆发现的时候,不过概率已小了很多。

摘 橄 榄

橄榄的品种很多,"檀香"的口感好,很脆,最好生吃,吃后口中生津,有回甘;"长样""橄榄母"除生吃外,还可制作蜜饯。摘橄榄也是很有特色的。橄榄树枝又长又脆,摘橄榄的人一般用竹梯架在树上爬上去,近的用手摘,手够不着的就用竹竿敲打,人则在树下捡拾。

橄榄树比较高,我们不敢堂而皇之地拿着竹竿去树下敲,怕被人发现。为了吃到那些美味的橄榄,我们直

夏之果

接到树下捡石头，砸在较小的树干上，橄榄就掉下来了。

橄榄存放时间有限，很快就会脱水，所以要制作成咸橄榄。我家屋后有一个"钟窟"，将偷摘的橄榄洗干净放在"钟窟"内，放入少许盐，把脚洗干净，站上去踩，使盐渗入被踩破的橄榄皮内。大约踩半小时后，把橄榄捂起来，三五天后就是很好吃很纯正的半咸橄榄了。不过吃橄榄很容易肚子饿，特别是在那个食物都没什么油水的年代，越吃肚子越饿得发慌，这就要其他水果来补充了。

摘 龙 眼

我家四周种了大小数千棵龙眼树，大的龙眼树要两人合抱，小的一手可握。龙眼隔年丰歉交替。丰年时一棵龙眼树能产上千斤龙眼。果农们每年摘完龙眼后，还要给树剪枝、施肥。施肥就是在树根部四周挖个沟，倒

入有机粪肥,第二天覆上泥土,来年就能期待大丰收。

　　我对方圆一千米内所有龙眼树的品种和特点都了如指掌,因为龙眼的成熟季节正好是暑假,经常会跟着摘龙眼的果农出去捡拾。果农们用竹梯摘龙眼,二三十级长的竹梯往树上一靠,就有成熟的龙眼往下掉;也有果农摘下龙眼后没有准确放入挂篮,掉到了地上。这里有个约定俗成的规矩,落地的龙眼都是孩子们的。所以我们都喜欢跟在果农后面拾龙眼。有时他们没有摘干净,我们就会上树用竹竿打。

优质龙眼的特点是皮薄、红核、玻璃肉、冰糖味。质劣的则相反:皮厚、大核、"没屁股"(指底部没有肉)、"流口水"(打开后表面很多水)。所有这些特征都与龙眼的外表有直接的联系,我可以从龙眼的外表

颜色和外皮，结合龙眼树的品种，判断龙眼的好坏。

龙眼是我的最爱。每天清晨一起床，就挽个小竹篮去树下拾掉下来的龙眼，特别是刮风下雨时。龙眼成熟的季节也是台风特别多的时节，这时节每天早晨我都就着龙眼下稀饭。先将稀饭盛好，然后去山上捡拾龙眼，回来时将其剥入饭中，一会儿就可以吃了。饭不能太烫，否则会降低鲜味。每年这个时节，外婆都会取出私房钱买一两百斤龙眼给我吃。记得当时好的龙眼每斤一角到一角八分，差的不到八分钱，甚至有每斤四分钱的。我记得每斤四分钱的龙眼也吃过。

印象最深的是有一次我和一个小名叫做"蛋蛋弟"的伙伴一起去偷摘龙眼。看护龙眼树的是我同学王小林的父亲。我们做了分工，我在树下望风，"蛋蛋弟"上树摘。他是爬树高手，很快就爬到树上。不过我在树下等了很久，没看到他下来，却远远看到王小林的父亲来了，吓得撒腿就跑。我担心被王小林的父亲看见，到我家去告状，傍晚了也不敢回家，一直在外游荡。天黑后我想想便到"蛋蛋弟"家里去，看见他已经在家里津津有味地吃着龙眼了。看到我来了，他还若无其事地叫我一起吃。我很奇怪，原来当时王小林的父亲来到树下，并没有高声呵斥他，反而笑眯眯地叫他慢慢下来，还让他把摘到的龙眼带走，不过告诫他下不为例，不然就告诉他父亲。

偷 甘 蔗

甘蔗一般种在江边，夏季成熟。我们打完篮球都是口干舌燥，肚子"咕咕"直叫，就一窝蜂来到江边偷甘蔗。甘蔗林也有人看护，而拗断甘蔗会发出很响的声音，肯定会被发现。怎么办？我们瞅准风起时，甘蔗叶片之间摩擦会发出声音，就故意互相追赶，把人推倒到甘蔗上，趁人不备将被压断的甘蔗拖走。若有人过来，就谎称滑倒了，不是故意的。把甘蔗拖到沙滩深处，随便用衣服擦擦就开吃。甘蔗不能洗了吃，如果洗后没去皮，嘴唇会被划破。所以每次吃完甘蔗，嘴巴两边都是白茫茫一片，且灌了一肚子水。"风头蔗"糖分较多、味道甜，是我们的首选。

这个季节，人们向往的气候是"晚上下雨白天晒，风从江边过，不拐水果园"——指晚上下雨，雨水充沛，有利于万物生长；白天不下雨好干活；风从江边过，好行船，只要张帆就可借风力行船；不拐水果园，是怕水果被风吹落。夏天很热，中午偷摘水果时机较佳，因为大人大多午休，日头大不会出来，俗称"打狗不出门"的日子（狗没有汗腺，所以很怕热，此时热得我们都看到狗伸着舌头散热）。我们把偷来的水果放在"和尚衫"里，将"和尚衫"扎在裤子里，鼓鼓囊囊地跑去江边游泳。有两种水果必须泡在水里：黄皮果是热性的，吃了会上火；桃子要洗去外边的毛。但是桃子放在身上泡水后会很痒，到了晚上，身上被抓得一片一片红红的，很难受。

家乡的每种水果对我来说，都是难忘的，不仅味美，还教给了我儿时书本上所没有的田野知识。

网友留言

✉ **新浪网友** 2009-08-30 11:28:21

哈哈！林先生，看完这一篇，真正可以用"顽皮"二字来形容童年的你了。

腌橄榄的过程是很生活化的，不知现在是不是培养成了居家生活好手。与"蛋蛋弟"（名字好可爱哦）偷摘龙眼过程让人忍俊不禁，小孩子的顽皮、大胆、怯懦与心虚都跃于纸上，比较真实也比较坦率。

✉ **兰花草** 2009-09-13 17:37:06

看着班长的文章，童年的一桩桩乐事、趣事……不禁浮现眼前，忙碌的成人生活中偶尔想起久违的童年，感觉十分温暖。

✉ **新浪网友** 2010-06-09 12:44:29

也许夏天真的给作者留下了深刻的印象。是的，记忆中那许多趣事，都源于夏天。阳光斑驳，知了鸣叫，身体的汗腺畅快地排泄……一切都来得淋漓尽致。所以，作者很详尽地描写了他童年的夏天。

夏 之 泳

游泳是夏天的主要活动。闽江离我家仅隔一条堤坝。从家里出来,堤坝外面就是芦苇地或甘蔗地。闽江每年都会发洪水,带来大量泥沙聚集下来。沙子较重沉淀在底下,泥较轻积在上层,成为"土油",长年累月堆积在岸边,就形成了厚厚的高出河道的"土油"层,这是很肥沃的土壤。岸边的芦苇因此长得又浓又密。农民在此开荒种甘蔗,或者非汛期时种蔬菜(季节性的)。再往外就是沙滩,闽江的沙堪称全国之最,颗粒大小匀称,颜色黄里透白。从源头一路滚下来的各种各样的鹅卵石,装点着沙滩。

沙滩是孩子们玩耍的天堂。沙滩近水的部分,由于水的渗透变得非常密实,我们两两相对四向挖地洞,引水入洞。沙滩又是放风筝的绝佳处。夏秋的傍晚,孩子们带着自制的风筝,在宽阔无垠的江边,迎着微醺的江风让风筝自由地飞舞;旁边的芦苇丛则成为我们捉迷藏的地方。但沙滩有时也是很难驯服的,盛夏时在阳光的暴晒下,沙子变得滚烫滚烫,甚至超过60℃。早晨刚去还没感觉,到了中午简直成了"火焰山",踩上去几

分钟脚就会起泡。有一天周末,城里来了几个年轻人到金山寺玩,他们早晨光脚走在沙滩上很惬意,但是到了中午往回走向金山寺时,要经过一片很长的沙滩,个个脚上都被烫得起了泡,大概可以形象地解释什么叫"煎熬"了。

江水碧透,水中一米多深处的小鱼小虾及黄色蚬子都清晰可见。江边有人养了很多水鸭母,鸭子的主食就是江中的水生物和蚬子。渔民在江边围出一个个矮矮的坝,涨潮时让水带着鱼进来,落潮时在出水口处放一个网或鱼毂(一种抓鱼的渔具,能进不能出),水流走了鱼却留在毂里,收获到的也主要是一种叫"沙康"的小鱼。洪塘的蚬子很出名,村里流行这样一句话——"洪塘子,不识爹",意指洪塘卖蚬子的人一大早肩挑蚬子踏着石板路进城,晚上很晚回家,每天早出晚归,孩子都见不到父亲,这道出了渔民生活的艰辛。

我们一般在端午节以后下河游泳。农村人认为端午

节前江水忒凉,不适合游泳,端午节后水温渐升方宜;中午前后也不适合下水,一般午后一小时下水为宜,否则烈日暴晒很容易脱皮。我的游泳技术完全是原始型的,归纳为"两多两差",花样多、方式多,动作规范差、速度慢。不过我在水里泡的时间很长,每天都要泡三四个小时。

和伙伴们在江中玩游戏,最常玩的是水中找物,就是先找块石头,把石头抛入江中,所有伙伴分作两拨,大家潜水去找,先找到石头的一方为胜。"分拨"由大家一起出手心手背决定,玩过几轮后,获胜多的一方就有权决定由哪些人去偷摘水果,以及水果分配的份额。游泳很累,需要补充食物。

除了水中找物,我们还会一起横渡乌龙江,不过不是比赛。大家先选定好彼岸的目标,一起奔着目标游去。比如有一年发洪水,水流湍急,我们约定从岸边游到对面的金山寺,实际直线距离不到100米,但是难度非常大。

我们走到平行金山寺上方50米处下水，可一下水就被冲下去十多米。我一路以自由泳姿势向对岸猛游，到了金山寺上部，只差两米却怎么都到不了目标，因为流速加倍形成了很急的旋涡，需要很强的爆发力才能游近一点点。但是往下游冲击的水流更大，几乎所有的力量都被抵消了，几个回合就筋疲力尽，近在咫尺就是没法游

过去。我被急流冲到目标下部，这么多小伙伴只有我弟弟能从上部爬上金山寺的岸边。

金山寺又名小金山，伫立在洪塘乌龙江段的水中。乌龙江江面宽阔、流量充沛，江中有一块突兀而起的平展岩石，宋人在此建金山塔。这是一座实心的七级石塔，据说是为了"镇邪"，也作为行船的航标。塔院故称金山寺，传说金山寺能"随潮高下，水涨而不没"。其实它多次为山洪所毁，屡毁屡修，至今未毁的只有那158块花梨石砌成的塔和寺外两棵大樟树。这里也是历代学子苦读的首选地，寺后的山上，有宋代著名书法家米芾题刻的"第一山"。金山寺对面有一个神道，只留下水田中的几座石人、石马，大小几如十三陵神道的石人马。据说盛唐时期，一位菲律宾王子在朝贡时得到皇帝赏赐后，游览到此，发现山清水秀适合"诗意地居住"，于是就住下了。他死后被厚葬，留下这神道和石人马依稀佐证。金山寺人文底蕴丰厚，自然环境优美，是我孩童时玩耍的主要去处。

　　我游泳的时候多数是先走到上游，游到江中心然后顺流而下，从容靠岸。有时也会到沙滩摸蚬子。闽江的蚬子很多，可用脚踩，水深的地方就要潜水捞，有些难度。花上二十多分钟就能捞一两斤，能满足一家三口一餐烹饪之需。蚬子有两种，沙里的是黄壳，泥中的是黑壳，品种不一样。黄壳蚬子还有一种吃法，就是把很多蚬子一起用大锅煮透，将原汤留下，然后用水将蚬子肉冲剥下来，剥半斤肉需要几十斤蚬子。卖蚬子肉时，同时配送一小碗原汤。蚬子买回家可做成葱姜炒蚬子肉或蛋炒蚬子肉。原汤一般用以煮丝瓜汤，味道鲜美，原汁原味，营养丰富，想想就流口水。

网友留言

✉ **首邑土人**　2009-09-03 14:49:46

闽江水养育一方人，闽江沙筑起千万家，闽江人成就源远流长的先闽文化！

✉ **ruanweiweixmu**　2009-09-04 21:54:01

那个时候的快乐，如今的小孩已是不可想象。

✉ **zzrnzh**　2009-09-23 08:22:40

闽江之子，道出江边之乐。甚是羡慕！

✉ **zzrnzh**　2009-09-23 08:27:36

同为福州人，儿时只将金山寺当做景点，却无法体会个中的趣味。

✉ **tdbz2000**　2009-10-09 16:36:59

现在已经很少会有人再提到金山寺了，很高兴看见您笔下的金山寺。

去年10月间，也去了趟金山寺，有些感受，也发在您这儿：

金山寺在西边，原是江心的小石阜，建于宋代，是福州唯一的水中寺，靠江上的渡船和外界联系。

几年前去的时候，是一个下午，坐着渡船过去。静静的渡船，船上的老人家慢慢地撑船。江中的寺院没有巍峨的殿阁和巨大的佛像,甚至几乎没有什么游客,一切都是那么平静,还有落日的余晖和习习的江风。

夏 之 夜

仲夏夜之梦

　　故乡的夏夜,是一幅幅生动的立体画,自然而多彩,静谧而喧嚣,凝固而流动。夜幕降临,微风也一改午时的燠热,露出了柔情,带着丝丝凉意,抚摸着从闽江游泳回来的孩子身上的水珠。微风吹斜了炊烟,呼唤贪玩的童子。微风摇曳着家家户户的煤油灯,跳跃着的火光照亮着忙碌操持家务的主妇。暮色中,倦鸟回巢,牛羊归巢。

　　晚饭后,生动而喧嚣的夏夜才真正拉开大幕。乡邻们三三两两到堤坝乘凉。堤坝临江,十分开阔。带着芦苇和野花的阵阵清香从远处徐徐吹来,夜来香生长的地

方香气更浓，沁人心脾。此时，宽阔的江面帆影点点，乘风行驶的船家，在船尾点亮了汽油灯，点缀着江面，使夏夜的闽江充满了流动色彩。月光下，渔民们肩挑鸬鹚和各种江鱼踏歌归来；水鸭母欢快地抖动着翅膀，黑压压一片片一群群，像大地上移动的纱毯。乡邻们怡然自得漫步堤上，或哼或唱或寒暄，间或有撒欢的孩童蹦蹦跳跳。堤坝两边长满了半人多高的灌木，人行处露出窄窄的小径。各种不知名的小虫把这里当做根据地，一团团成群结队、肆无忌惮地飞舞出没，袭击我们，惹得我们惊叫。

也有一种虫子孩子们很喜欢，那就是萤火虫。夏夜纳凉，我们总会准备一个小玻璃瓶，将抓到的萤火虫放在里面，集小光为大光，而后用绳子绑牢瓶子，拿在手里挥舞，变换各种有趣的光圈。萤火虫的光亮可维持近

24个小时。

　　夏天日头长,劳作了一天的人们纳凉、休息,但是有一种人这时候才开始干活,那是捉青蛙的。他们带着多节手电筒,扛着长网兜下到田头。呱呱而鸣的青蛙,在强光的照射下会瞬间"失明"(是一种晕光现象),盯着强光不动不逃,捕手们用长网兜轻易就能捕获很多。后来上学读书,对自然知识有了更多了解,再看到那些捉青蛙的,就觉得有刽子手之嫌。

　　夏夜如此丰富,少不了恶作剧。打麻雀即是。想来那时对自然界小生命的漠视,与时代误导的价值观有很大关系。打麻雀的工具是多节手电筒和弹弓(也有用气枪的)。麻雀归巢,有一种栖息在野外的树上,家雀则多是在屋檐下。气枪和弹弓会损坏檐瓦,因此大家多去野外打。也是先用手电筒的光束照住麻雀,令它们瞬间"失明",弹弓此刻派上用场,子弹是江边捡的小鹅卵石。夏天的麻雀比较肥,人类为了满足口腹之欲,常使它们

成为冤魂,此刻落笔,尚觉愧疚。

乡村人晚上一般9点左右就睡了。疯玩了一天的孩子们,更是一觉到天亮。但也有烦人的,那就是蚊子。乡村蚊子很多,点蚊香不管用,有人就扎些蒲草生烟熏蚊子,但也多不见效。打瞌睡了就只好钻进蚊帐,可蚊帐里又很热,好在少年不知愁,倒头就睡着了,想来那时的睡眠很是享受。

夏夜的堤坝上有喧嚣的大合唱,蝈蝈、蟋蟀、纺织娘……各种虫鸣声交织在一起,往往要到夜深露重后,方才安静下来。

故乡的夏夜,还是我们最初的文化启蒙地,是孩童最初接受社会价值的一个平台。

"听壁角"是其一。我家隔壁是个饼厂,乡镇供销社的属下厂,供应全乡所有供销社的饼。十几位师傅白天劳作,晚上就聚在一起谈天说地、评古论今。现在想来,对社会最初的懵懂理解,"听壁角"恐是因素之一。依稀记得的,如:"儿孙自有儿孙福,莫替儿孙做牛马",指出每代人各自的任务和责任;"可以五子登科,不能五代登科""富不过三代"说明对子女教育的重要。也有很多形象的俚语,如:说某事与自己无关是"一把米摔墙,没一粒粘上";说对坏人无奈是"坏牛坏马拉去杀,坏人拿他没办法";说金钱万能、做人唯利是图是"腹蛋、秤、梳,钱做人(方言)",用普通话来说就是"不论亲疏,钱做人";说气候,如"秋风夜,一夜凉一夜",

指秋分后将一夜比一夜冷。

中国南方的农村,过去都有表演社戏的风俗。"社"是指土地神或土地庙,社戏是指在一定场所进行的有关宗教、风俗的戏艺活动,实际上是一种比较通俗的乡村戏剧形式。我的家乡是闽剧发源地,戏园就在家边上,锣鼓一响就能听见。但在戏园里演的,已经不叫社戏而是比较正规的剧文了。差不多月月有戏演,好的剧团有福州闽剧一团、二团,福州红旗剧团等。

传统戏剧,开演前必是锣鼓三通。每当锣鼓一响,心里就急得像"猫抓",但小时候家里没钱,不能买票看戏。戏票分为特等、一等、二等和站票。尽管戏院的场管员宝士伯家和我家只一墙之隔,可他从不徇私。于是只能等最后放"戏尾"时去看,因为此时已不设防,往往为等"戏尾",觉都不睡。有时也会在开场前跑到后台偷看演员化妆,看他们如何打粉底、勾脸谱、着戏装。我们偶尔也会有票,那是剧团来得时间紧、没法及时通

宋朝聊音

知时，叫些孩子举着牌子，沿着堤坝一路敲锣广而告之，这样会得到一些"鼓励票"。

戏班一到，戏园门口就聚集许多小贩，叫卖各种水果、小吃，还有糖葫芦。他们用碗和汤匙娴熟地敲打吆喝，吸引看客，一直持续到戏演结束。中场休息或散场后，一些人特别是孩子就能解解馋。

也有没票的戏迷为了解戏瘾，就用小刀把正对戏台的隔板挖个洞，对着洞口偷看。每次挖一点，小洞变成大洞，到后来戏园干脆用木条从里面封死，断了大家的念头。

早些时候戏园都用汽灯照明，到1962年左右，戏园边上闽侯油厂开始自行发电，从那里牵出电来才有了电灯。给油厂送票就免不了，否则这电时不时会"短路"。

剧团到乡村，一切都自带。吃住在戏园，雇农民煮饭，灶和锅由戏园提供；一般男的住在戏台上，女的住房间或隔开来住。有的剧团晚上演出完，第二天下午就排练新剧，这又使孩子们多了不少兴奋点。

乡村的夏夜还有一道风景，那就是变戏法、卖膏药。敲锣是乡村常见的传讯方式。一般晚饭前就有锣声告知消息，孩子们必定会去凑热闹。耍猴、硬气功、变戏法都是卖膏药的前奏，吆喝开来后，卖药人在地上画个圈，站在圈里表演，每到精彩时，就开始卖药，不买就不接着演，药主要是些治跌打损伤的。现在不时看到电视广告上所谓限量限价大甩卖，似与当时的卖"狗皮"膏药无二，只是行头变时髦了。

福州的乡村还有评话、伬唱等。我尤喜欢评话，实际就是讲故事。一人站在台上，左手大拇指上戴一个矿石大戒指，拎个钹儿，右手拿根筷子，敲击出很独特悠远的声音。所有评话几乎都是"连续剧"，要说几个晚上，而每到精彩和悬念处总是"且听下回分解"，让人欲罢不能。

评话多数是民间传说、武打趣事、地方的名人轶事，这些评话的艺人会讲出很多历史掌故、人生哲理。通俗易懂、口口相传，是乡村文化传承的主要方式，也是社会教化的主要渠道。听评话有两个渠道，一是有办喜庆人家专门请来讲说，另一种就是商业表演。前者基本只有一次，后者多是连续，如果听众很多，就会不断延说下去。

露天电影也是小时候的兴奋点。离家2千米的地方有一个解放军汽车连，几乎每月都会放两次电影；还有一个地方是福州大学，离家4千米，也时有放映。放电影的消息最易传播，根本不用敲锣通知。吃过晚饭洗过澡，大家结伴而行，一路谈天说地、欢歌笑语。若是露天电影，孩子们就会奔着放映机去，在镜头前摇头晃脑，或用手指做各种怪动作。特别是当银幕出现"八一"以及闪光的虚线条时，大家就欢呼雀跃，因为那时八一电影制片厂的电影大都是战争片，而打仗必定解放军赢，我们都喜欢这样的影片，部队放映的也多是这样的影片。

放映机"沙沙"的转动声、夏夜里的蚊子、冬日小雨时戴着斗笠站着看电影的情景，时不时在记忆中闪过，内心因此多了一份俏皮和柔软。

夏夜载满了乡村的鲜活与生动。走进都市数十载，夏夜的乡村仍是无法抹去的烙印。乡土是根植在心头的榕树，永远长青；乡村文化是滋润心灵的江水，永不枯竭。

网友留言

✉ **tdbz2000**　2009-10-09 16:31:51

您的这篇博文应配上俞丽拿演奏的小提琴独奏《夏夜》,让人感到安详、宁静、幽远、深厚,所有的浮躁都会随之而去、随风而散……

✉ **新浪网友**　2009-10-09 20:06:04

先生好性情!

初读"序"时,就曾有感觉,先生似乎蓄势待发,恐一两篇打不住,揣测还有很多内容与我们分享。如今读了8篇,篇篇过瘾,篇篇解馋,所述细节,于20世纪六七十年代乡村生人如我者,每每都有体验,处处似曾相识。可是,许多的却已被我们遗忘,被我们丢弃……

而今,先生用生动的体验、敏锐的感悟、准确的把握,外加细腻的笔触,帮我还原了丰富多彩的童年生活情景,让我的心灵又俏皮了一回,撒野了一回,放纵了一回,快乐了一回。除了"漾开来的温柔",还是一个"情"字,乡情、亲情、人情,是它们感染和感动着我。

向难忘的童年生活致敬!向敏锐而多情的作者致敬!

✉ **新浪网友**　2009-10-10 13:13:08

淡泊明志,宁静致远。能保持一份祥和心态,在当今社会实属不易。对博主的文采佩服之至。

✉ **zhan**　2009-10-11 19:19:22

先生笔下的童趣已是我们这些"80后"所难以体会的,但看到先生所描绘的种种精彩景象,却也心向往之。

✉ **忠恕**　2009-10-29 11:54:25

从自然的滋润到文化社会的熏陶,先生将人生画卷一一展开,带我们回到那段难忘的岁月,平凡却充实,仿佛有"久在樊笼里,复得返自然"的感悟。

✉ **gzhangshuanghong**　2010-06-06 22:16:33

看先生的文章总让我心里很安谧、很享受。平常在看这些文章的时候,总喜欢边听音乐边看博文的我都觉得任何音乐都显得那么吵,包括轻音乐。一幅幅天然的画让一颗浮躁的心能够平静下来。回想曾经我们是那么单纯,简单地快乐着。那真的是一段很无邪、很美的日子。心里美美的,静静地细嗅这朵蔷薇,带着对儿时的玩伴和已经逝去的童年的怀念。

✉ **新浪网友**　2011-02-21 15:00:21

写景、叙事相互应衬,写景如在眼前,叙事略加点染,将孩童的恶作剧、社戏、评话等乡村文化生活生动地置入宁静的夏夜之中,使一幅"静谧而喧嚣,凝固而流动"的夏夜立体画生机勃勃地铺展在读者眼前,让人深深感受到乡村夏夜充满温馨和情趣的生活。

最后一段,源于生活沃土的人生感悟,博大深沉而富于哲理,最能引起共鸣。

春 之 声

春之声

福建的冬天和春天似乎难以区别。小时候放寒假、过春节虽然很快乐,但往往也很难受。春节后就要上学了,每次交学费、杂费时就很苦恼。当时学校规定杂费

可以缓交,学费必须先交。学费是用来买书本的,大约一块五到两块钱。学校规定,贫穷人家可以免交学杂费,我的家境不是最穷就不能免交。有时很多小朋友都交了,家里却一时拿不出钱来,没法及时交,让我很难堪。我常常哭闹着向母亲、外婆要钱交学费,闹得全家人都不开心。

春天开学时天气还很冷。我小时候个子长得很快,脚也自然跟着长。父母给我买鞋每次都留有余地。买了鞋后,妈妈总提醒说平时不要穿,要等到过节时再穿。可好不容易等到过节,脚却长大了,鞋子又显得小了,结果反而没鞋穿,冬天只好光脚踩在泥土上。每年早春开学,我都光脚从池塘边的那条泥泞小路走到学校,几天后脚上就会生出冻疮,大多在脚后跟或脚趾,有时甚至耳朵也会生。那时几乎没有不生冻疮的孩子。生冻疮后会破皮,不小心沾到水会发炎溃烂,很痛。记忆中小时候总是吃不饱穿不暖,尤其是冬末春初,特别寒冷,

春之声

每天11点左右,肚子就饿得难受。

  小时候记忆深刻的还有两件事。第一件事是代表家人去做客。大约十三岁时,一位亲戚办喜事,他家住在堤坝东头的台屿村,我家住在堤坝西头的洪塘村,两地相距约10千米,是我爷爷的妹妹家,俗称"姆头亲"。在我们那,祖母的娘家人至高无上,酒席上要坐首桌首席,绝对的贵宾级人物。家里派我做"亲善大使",刚好那几天下雨,道路泥泞,我担心鞋袜粘上泥,就把解放鞋和袜子脱下来夹在腋窝下,光脚背着斗笠,花两个小时步行了10多千米。到了以后洗完脚才穿上鞋袜,坐到第一桌第一位当贵宾。晚上吃完饭已是7点多,再脱了鞋冒雨步行回家。现在,估计没一个孩子愿意为了吃上一顿喜酒,冒雨光脚走10多千米,深更半夜才回家。回想这件事,已远远不只吃上那顿饭的愉悦。春雨中少年行走的身影,伴着山涧春禽和鸣的画面,永远定格在我的脑海了,那是少年的我听到的最清晰的春之初声。

第二件事与我喜欢打篮球有关。我小时候个子就长得很高,十四五岁就长到 1.8 米左右。洪塘人文积淀很深,历来对戏曲、体育等很重视。"十年动乱"期间,工厂停工、学校停课,很多在外工作的大人都回到家乡。村里就组织了两支篮球队,一支叫"塔江",由技术较好的队员组成;另一支名"塔峰",由年轻但技术较差的队员组成。两队的名字源于金山塔和妙峰山。1966~1967 年,这两支篮球队在建新如雷贯耳,曾对阵一个正师级的某部队代表队,不分伯仲。我是篮球

队的忠实粉丝,每次都带着我的小弟弟去看比赛。当时照顾弟弟是我的任务。篮球队比赛时我每场必到,长大一些后我就喜欢上了篮球。升到洪塘中学上学时(洪塘中学是所戴帽中学,学校里面有小学也有初中)和学校里的一些爱好篮球的孩子天天光脚打篮球。我们在1971~1972年两次参加福州市四十多所中学组成的篮球赛中,分别取得第三名、第四名的佳绩。我的队友被送到福州市少年队,我也被选中,当兵入伍打篮球,开始了运动生涯。

初春的池塘边，还有一个记忆中的情景，就是闽侯油厂榨油排出的煤渣，伙伴们会争先恐后地从煤渣里去抢未燃尽的小煤块，那是家里很重要的燃料。中午放学后，实在饿得很，我会找来几块砖架在厨房边，用这些煤块煮地瓜吃，填饱肚子。记得那种吃饱了的感觉非常幸福。当地瓜成为现代餐桌上的时尚物时，我却再也不愿吃了，一吃就胃痛。童年那些美好的印象只能留着回忆了。

春末夏初，癞蛤蟆会在池塘悄悄产卵，在我们不经意间，很多很多的蝌蚪就弥漫了整个池塘，黑压压的一群群东游西逛，不几天就变成带尾巴的小青蛙蹦蹦跳跳。

春天的声音，是生命的声音。蜻蜓立在枝头，远处的围堤上一排排龙眼树一动不动地站在那，树上知了声声……一年四季，我光脚走在池塘边的小路上，感受着大自然带来的快乐，以及小小的苦涩。我在故乡春天的温婉与柔情中成长，从这里，我走进部队，走向都市，

拥抱生命中所有的快乐与幸福,并微笑着面对生活给予的历练与磨难。

故乡是我最难忘的歌。

网友留言

✉ **新浪网友**　2009-08-29 23:09:49
无情未必真豪杰,
柔情最是大丈夫。

✉ **新浪网友**　2009-09-16 19:57:29
娓娓道来,看了不知不觉沉浸其中,那场景仿佛亲身经历,很亲切啊!

✉ **ruanweiweixmu**　2009-09-18 13:19:58
感觉你过去的事情很新鲜,虽然物质条件不好,但却有着隽永的回味……

✉ **新浪网友**　2011-02-21 15:01:49
岁岁年年,一段心境。先生今天回忆"光脚步行十多千米去吃喜酒"的往事,已远远不是当年"吃上那顿饭的愉悦",更多的是心酸与无奈吧。苦难的经历大都相似,但面对苦难的态度却不尽相同,"拥抱生命中所有的快乐与幸福,并微笑着面对生活给予的历练与磨难"。这就是先生今天成功的原因所在吧。

秋 之 章

虫鸣啾啾

对乡野的孩子来说,捅马蜂窝大多会引火烧身,虽然精彩乃至惊险,但结果往往是落荒而逃,很狼狈。所以看到一些文章写童年时与马蜂"较劲"的过程,也往往如出一辙。

小时候曾经历过与马蜂有关的事,虽然很平常,却让我对自然界某些无法解释的境遇与现象,产生了敬畏。

时至晚秋,水果落树,水也凉了,伙伴们都没了玩耍目标。某天,当有小伙伴说在篦梳山后发现了一个马蜂窝时,大家自然极为兴奋。若将马蜂赶走,就可取到蜂蛹和蜂蜜吃,于是立马行动。但有人提出马蜂很厉害,

被蜇了不得了。大伙儿虽有些愣住了,但商定的结果是:带上斗笠和长竹竿去捅。带着工具到山上一看,蜂窝不大,在两块巨石夹缝中,外面也没几只马蜂,就壮着胆拿着竹竿朝前捅。捅了几下,蜂窝歪了,才发现原来蜂窝很大,大部分藏在夹缝里,很多马蜂飞了出来,但只围着蜂窝"嗡嗡"转。这情形似乎并没有事先想象的可怕,于是大家又朝前捅去,想将蜂窝捅下来后再敲开收获战利品。几下子后果真有一半掉下来了,可没等我们得意,千百只马蜂真正"蜂拥而出",朝着持竿的方向袭来。

大伙儿见势不妙，急作鸟兽散。我跑得最快，可再快也没有马蜂快，前额还是被蜇，斗笠早已不知飞到何处了。几乎所有小伙伴都挂彩了，什么收获也没有，悻悻而归。第二天，个个头肿得像猪头。

现在自然明白，通常马蜂并不主动攻击人，大都是感觉自身生存受到威胁时才蜇人。马蜂毒性很大，人被蜇多了会有生命危险。其实这也是马蜂的自我保护行为。捅了马蜂窝绝对不能跑，马蜂是跟风追的。如果戴上斗笠趴在地上可能没事。

记得小时候有一个人有办法对付马蜂。

我家屋前有棵巨大的百年龙眼树，树干要两人合围，树冠覆盖方圆六百多平方米，它是薄壳、玻璃肉、红核、砂糖味的优良品种，丰年收获逾千斤。有一年，树冠上长出了一个大马蜂窝，直径有半米。有个叫依银伯的邻居，是个心灵手巧的人，很能琢磨事。有一天，他拿来一个鸡笼，将底部打通，把长竹竿绑在鸡笼顶部窄小的

部分，在鸡笼里铺上干稻草，浇上汽油，然后搁上蚊香，又在蚊香中间绑上火柴，并计算好时间。我见他拿来竹梯靠在树干上，知道他要捅马蜂窝。因为被蜇过，我很怕马蜂会冲出来，于是赶紧躲进家里，隔着门缝向外张望。我家离这棵树不到20米，树叶都可以落在屋顶上。只见依银伯慢慢爬上竹梯，点燃蚊香，慢慢举起竹竿上的倒挂鸡笼靠近马蜂窝，燃烧的蚊香瞬间点着了火柴，引燃了浇上汽油的稻草。竹竿直捅马蜂窝的瞬间，火烧连营，马蜂措手不及，大多被关在窝里，葬身火海。

然百密一疏。依银伯的计算可谓精准，但有两个问题没考虑到：一是马蜂窝被烧，鸡笼也一样被火烧，火星连着竹炭不断往下掉，虽说他准备了草帽，但他的草帽也冒起烟，身穿短袖短裤的他，被烫得缩手缩脚，险些摔下梯来；二是这火不仅烧了马蜂窝也将树冠烧焦了一大片，远远看过来浓烟滚滚、大火冲天。很多人以为近旁纺织厂着火了，立即拨打119并纷纷赶来扑救。当我从家里出来时，门口已站了好几百号人，把整条街都挤满了，几分钟后消防车也来了。满身炭灰、头发凌乱的依银伯，形象狼狈，却作英雄状，让围观的人忍俊不禁。派出所则请他去"说清楚"，因为他的行为已涉嫌纵火。

自此，这棵树就慢慢凋零。后来我从部队回来探亲时发现，树根四周堆满了三四米长的石板条，那是邻居

准备盖房子用的。因为选址问题长期没盖,所有建筑材料就一直堆在树下压住树根。可怜的老龙眼树,有很大部分老根原是裸露在地面的,这样长期被压,就如人被扼住了脖子,逐渐枯萎,最终死亡了。

马蜂没了,树死了,石板条卖了,这家人也远去了,只有每年的祭日,儿女们回来祭拜祖先。

一样式微的,还有依银伯一家。

网友留言

✉ **江南一棵树**　2009-11-10 18:53:14
"我跑得最快,可再快也没有马蜂快,前额还是被蜇,斗笠早已不知飞到何处了。"
有趣得很!

✉ **新浪网友**　2009-11-11 22:57:10
从小就懂得思考自然界的玄机,不寻常啊!

✉ **一点心香透天庭**　2010-03-26 19:59:30
一切都要顺其自然,不可贪求,不可伤害"他人"。

春 之 芽
——春天的"种""养"

天地人和

"春江水暖鸭先知。"

一切生命对春天的感知都异常敏锐。民谚有"二月二龙抬头",意指大地苏醒,万物萌动,喧闹的春天就此开始。"二月二,种子都下地",生命就此萌动、勃发,毛茸茸的叶芽破土而出,鹧鹑在枝头肆无忌惮地歌唱……春天就是张扬的季节。

小时候我家虽不是农民,但因住在城镇边,我对农活产生了兴趣,并且乐于实践和尝试。最有趣味的是种瓜果、养小鸡。

种　瓜

主要是丝瓜、瓠瓜、佛手瓜。

种丝瓜最有乐趣。每年春季一到，我就去找个竹框，把它倒扣在地上，将框底打通，装上营养土——多是去江边挑些"土油"——那些每年洪水过后留在岸边的肥土，然后植入上年的好种子。丝瓜、瓠瓜的种子倒着插入，即尖头朝下。丝瓜种子先生出根，再将瓜子壳顶脱落，两片叶子就破土出来了。瓠瓜与丝瓜类似，只是叶片上多一层绒毛，不如丝瓜叶光滑。有一种八角丝瓜，个头小一些，边上棱角分明，产量大，是丝瓜的优良品种，入口嫩，也清淡。

佛手瓜则要在冬天就将种瓜一半埋在湿河沙里，待到春天再移植到泥里。佛手瓜是多产的瓜，但它必须搭架子，不像丝瓜那样可搭可不搭。搭架虽然辛苦，可收获的感觉还是很甜蜜：等到瓜藤爬满架，大大小小的瓜

春之芽——春天的「种」「养」

垂挂架下，像一盏盏尺寸不一的绿色佛灯，心里油然生出成就感。

丝瓜上架的花开时节，会引来很多蝴蝶和蜜蜂采蜜授粉。丝瓜的雌雄花瓣和花蕾形状都不一样，每到花开，孩子们手中都会轻轻地捏着一朵丝瓜花，去引诱蜜蜂，待蜜蜂把一根不知是不是嘴巴的长长细管插入花蕊时，手指轻轻一捏就把蜜蜂捉住了。遍布瓜架的花，加上瓜、蝴蝶、蜜蜂和一群围着蜜蜂奔跑的孩子，真是一幅生动的乡村童嬉图。丝瓜还是夏季餐桌上价廉美味的菜肴，不管是炒着吃，还是与蚬子肉做汤，都是夏季防暑果腹的佳肴。

若干年后，我住在宿舍的时候，在楼下的一溜空地上种了十几株丝瓜。不知是种子好还是技术好，总之大获丰收，最长的近一米，吃不完，送了许多给邻居。看来孩提时掌握的技术不容易忘记。

丝瓜大约在白露后，煮出来会发黑，就不能吃了。

但八角丝瓜可延长一个月左右。留做种子的丝瓜到了初冬就要摘下来，晾干，表皮会自动龟裂，轻轻敲打就能去皮，露出瓜瓤。丝瓜籽呈黑色，瓠瓜籽则是乳白色。除了做种子，丝瓜瓤还可洗涤厨具，是纯天然的保洁品，经消毒处理后还可用来洗澡搓背，有利于皮肤健康。

种 香 蕉

香蕉是一年生草本植物，每株树只长一串香蕉，植株结果后枯死，必须砍掉，由根状茎长出的吸芽继续繁殖。

小时候，我家房前屋后种了许多香蕉树，不需要太多管理就有收获，于是我也移植了一株美蕉苗种在屋侧，距邻家窗口十多米远。美蕉与"土蕉"味道不同，似乎更甜。我挑来"土油"和垃圾灰烬，种上美蕉苗。美蕉苗长得很快，边上同时也窜出好几棵小苗，形成一个小

组团,此时又增施农家肥。美蕉树越长越壮实,夏末开始开花挂果。我心里美滋滋的,天天瞅,想着秋天一定能吃到又大又甜的美蕉。

可风云难测。有一天,邻居大嫂告诉我父亲,说公社要砍自留果,香蕉也在此列。想着精心栽培的香蕉就快熟了,父亲连忙回家拿来刀,一把将香蕉砍了下来,放到屋角用稻草捂起来,指望捂熟后吃。结果,既没人来砍自留果,我种的香蕉也因为割得太早,根本就捂不熟，最后被扔掉了。

香蕉和菠萝一样，有后熟期，但后熟期的水果也须到果实成熟才能采摘，否则不行。唉！种是种成功了，结果却失败了。不知邻居大嫂是否听错了。

孵养小鸡

孵小鸡在农村是很自然的事。外婆常说"有根的要种，有嘴的不养"，除鸡以外，任何有嘴的小动物外婆都不养，因为鸡只需剩饭剩菜喂养即可。谷糠也可作饲料，我记得，100斤谷子可以出68～71斤米，会有8～11斤糠，所以我们家长期养鸡。小时候每天都有两只母鸡下蛋，有时外婆会叫我趁热敲开蛋壳冲米汤喝，说是有营养。

孵小鸡的蛋，必须是打过"雄"的，所以每天早上要抓母鸡去配种，最好是"澳洲克"等品种的大公鸡。

待鸡蛋攒到 15 个左右，母鸡要抱窝了，就将鸡蛋放在铺有稻草的篮子里，让母鸡孵。孵小鸡一般为 21 天，临近时日，外婆就会点着煤油灯，去查看是否有小鸡出壳了。小鸡是被母鸡啄破蛋壳后慢慢爬出来的，母鸡一般会带小鸡觅食近 1 个月后才恢复下蛋。

母鸡下蛋、抱窝都有周期，每月能下 15～20 个蛋的就是好母鸡。母鸡抱窝时，毛慢慢脱落；母鸡要下蛋时鸡冠会变红。母鸡下蛋要选择干净安全的窝。母鸡下

蛋后,会立即从"产房"里跑出来,"咕咕哒"地报告主人,这时外婆就会叫我去抓一小把米喂它,给它鼓励和补养。

小鸡在夏天是最怕蚊子的。被蚊子叮过的小鸡会被其他鸡"欺负",若叮在头部我们俗称"生鸡料"的,很可能会死去,所以小鸡最好在春天孵养。

公鸡长到一斤多时就会打鸣、交配,就长不大了。小公鸡要长成大肉鸡,得过一关,就是在打鸣前做阉割手术。用两个竹片将鸡的双腿和翅膀夹住,下腹侧面部分的毛拔掉,轻轻开刀,取卵,缝合,然后抹上锅底灰,摁上拔下来的鸡毛,就可以等它自愈了。农村养鸡人家都习以为常,据说这还是华佗留下来的外科良方。

生命中许多本质的东西,都是在乡村宁静的生活中去感受和感悟到的。在体验幸福时并未如此深刻地感受,留待此刻回忆时,却成为心灵浓浓的滋养。

我感谢并珍惜我的村野童趣。

网友留言

✉ **微凉之夏** 2009-11-12 21:03:22

看似平淡的文字,寥寥数语,却让美好的童年和乐趣无穷的乡村生活跃然纸上。也许浮华阅尽,记忆深处最不会轻易淡忘的,仍是生命最初那些干净纯粹的体验。

✉ **新浪网友** 2009-11-23 20:13:42

童年是生命的初春。我们所以珍藏那段当初我们绝不懂得珍惜的岁月,并寄予难舍的留恋,是因为直到我们长大了才明白,真诚地活着很难。我们留恋的是那段纯真的、想来如梦的岁月。

✉ **新浪网友** 2009-11-29 17:29:54

每次有空的时候可以读读先生的文章,不仅有趣生动,而且富有知识性。

✉ **新浪网友** 2011-02-21 15:02:35

生活是创作的源泉。种瓜、种香蕉、孵养小鸡都是作者孩童时代亲历亲为之事,因为源于生活,所以描述时得心应手,细致入微,读之备感真实自然,鲜活生动,如源头之水汩汩而来。娓娓叙述之后,绵绵抒情,最后一句"我感谢并珍惜我的村野童趣",使全文戛然而止,却余味绵长。

我的"戴帽中学"

2009年是福州第二十九中学40周年校庆。作为校友,我亦被邀回母校参加庆典。曾经的母校,如今物事已非,原来背靠山坡落差二十多米的校园,现在平坦如镜,崭新的校舍、标准的塑胶跑道、篮球场、电教室等,已看不到昔日的影子,唯一不变的是那棵高大茂盛的百年榕树,依旧葱郁、盎然。

我中学毕业于福州第二十九中学的前身洪塘中学——一所由洪塘小学扩建而来的"戴帽中学"。所谓"戴帽中学",是在小学的基础上增设初中甚至高中,有点类似给人戴了个帽子,所以叫"戴帽中学",它是"十

年动乱"中城郊结合部农村教育特有的现象。比如我就读的洪塘中学,就是在洪塘小学的基础上开办起来的。洪塘小学在当时是所很好的小学,它最初以当地的两座庙(真人庙和大王庙)作为校舍,还有一个操场。真人庙、大王庙历史悠久,建筑十分精美,庙中的亭台楼阁有不少是以巨石为基座的,有的长达八九米,高近1.5米,上面非常精致地雕刻着历史故事的情节图案;大殿的木柱直径也有半米多,镶嵌了许多名家的书法条幅,十分珍贵。但当时修建学校时,许多石头被砸坏埋到地下,木柱也被锯作他用，十分可惜。原来设想以后将小学搬出去，保护庙宇中那些珍贵的文物，但已经是不可能了。

1962年我在洪塘小学上二年级，上面拨了2万多元经费，师生们自己动手，挑沙、挖土、搬砖，建起了3座校舍。1969年洪塘小学扩建初中部，又是师生们自力更生，建了新教室，还有食堂和老师的简易宿舍。我们还徒步往返近30千米，到福州大学、福建师范大学和福州工人业余大学等高校，去搬运多出来的课桌椅和实验仪器，增添学校的设施。

说它是当时最好的中学，主要还是后面这些原因：一是生源一致，当时学生是就近上学，方圆5千米内的孩子都在这里学习。二是时间充足，当时农村的学生不需要学农学工，每年只有7天农忙假，比起城里的中学生要参加分校劳动半年，时间得到保证。三是师资好，学校不仅从台屿中学这样的完备高中请来了一批老师，而且还有不少下放改造的"学术权威""牛鬼蛇神"，

极大地提高了师资水平。大家受教育水准都很高，恢复高考后被录取的比率很大。但因为首次开考，同学们不知根底，又急于摆脱脸朝黄土背朝天的境遇，报的都是起点低、不收费的学校。现在家乡的好几所小学都有我的同学在当校长。

初中也是懵懂少年情窦初开之时。我是1968年复课后的第一届初中生，那时我大约12岁。记得开学后的某天，大家正在教室等着上数学课，只见教室外走进来一位穿裙子的年轻女性，一条乌黑的大辫子，垂到腰下，腋下夹着讲义，迈着自信的步伐走向讲台。大家精神为之一振：这么漂亮的老师！这位孙老师教代数。小学时我书读得不算好，但自从孙老师来了后，我的成绩开始全面好转，尤其数学进步最明显。我喜欢上孙老师的课，盼望上她的课，可学习又不可能一蹴而就，考试成绩还是80多分，很少上90分，从没考过第一。我心有不甘，于是天天主动预习新课，可潜心学习还是难以

如愿,因为粗心,小问题上老出差错。然而投入的精力终究还是有回报,到考高中时,我的语文、数学、工学基础知识、农业基础知识、政治的平均成绩是93分。当时不排名次,但我想应该是比较高的,后来还被选为班委，我原本从来与班干部无缘的。

都说兴趣是最好的老师，因为它是源自内心的力量。一位美丽的年轻女老师激发了我们这群乡村少年的学习兴趣，也在我们心中留下了对她、对那些美好时光的记忆。

后来我继续在洪塘中学读高中，但成绩开始下滑。主要是那时流行"读书无用论"，毕业了大多是下乡，

上大学要托关系，再加上迷恋打篮球，浪费了很多时间。可我保持着对数学的兴趣，化学学得更好一些，是班上的化学科代表，任课老师是我篮球比赛时的裁判。但是后来频频外出参加篮球比赛，功课就渐渐落下来了。

种瓜得豆，因为篮球打得出色，高中毕业时我被部队内招参军，专业打篮球了。

洪塘中学是我一生中读过的唯一一所全日制学校。在这里我度过了9年时光——小学5年，中学4年。此后漫漫历程，我努力追求奋进向上的人生，自考读大学，进而读硕士、博士，对此我深有感触：学习必须终身持续，知识的积累永远可以多途径获得。上帝关上了一扇门，一定会给你开另外一扇窗。

在戴帽中学期间，我养成了一个习惯：练字。

小时候邻人字写得好，邻里婚丧等都请他写，很风光。开始时，我从大字报中去学，哪个字写得好我就站在墙边上看、临摹；到了学校，我就找报纸杂志模仿，写仿宋体；后来到了部队，就跟着《解放军报》《解放军文艺》上的字学。那时没有字帖，也就从来没有规范学习过。现在倒是买了许多字帖，可空暇时间又太少，只能计划退休后好好练练。

练字只是个人爱好。但我想，若每个人根据自己的特点，结合工作持之以恒地朝着目标不断努力，人生总会有收获。社会是所没有围墙的大学，是一切有志者历练的平台、成功的舞台。

网友留言

✉ 新浪网友　2009-11-21 10:28:02
"学习必须终身持续，知识的积累永远可以多途径获得。上帝关上了一扇门，一定会给你开另外一扇窗。"
发自肺腑的心得，令我感动。

✉ 新浪网友　2009-11-22 11:30:54
看过先生的字，比较潇洒，有灵气。按照林先生执著的性格，继续练下去,有望成为书法家。有恭维之嫌,全当激将。

✉ **新浪网友**　2009-11-23 20:02:48

喜欢这种淡淡的文字风格。真实!但开始回忆,莫非说明开始老了?繁华落尽见真淳。有时平常、随性的文字更能打动人。

✉ **新浪网友**　2009-11-23 23:02:04

读先生的散文,就像手把一壶秋茶,极清新,又极醇厚,让人不禁一同回忆起过去的美好时光。不仅在回忆中沉醉,更在回忆中思考、磨砺、奋进,难得!

✉ **养心斋主人**　2009-12-03 20:22:56

回想珍贵的纯真年代,感悟深刻的人生哲理,真性情跃然纸上。

社会是所没有围墙的大学,是一切有志者历练的平台、成功的舞台。

✉ **小宋宋**　2010-06-24 12:25:50

天天都在忙着,但不知道在忙什么。友人问:你最近又在做什么?答曰:不知道。但很奇怪,天天发生的事情不太记得,过去的事却常常清晰记起。比如童年、少年和刚刚过去的青年。是自己老了吗?却好像也才刚刚步入而立。今看了博主的文章,很是浮想了一番。我中学的时候是什么样呢?首先很肯定,绝对是个好学生,家和学校两点一线。除了书本和两三位合得来的同学基本没有他物。但简单的社会生活今天回忆起来还是有很多的趣事的。比如第一次穿高跟鞋,第一次"不经意"地与同伴谈起某个男生,第一次参加家长安排的社交……颤抖的手、颤抖的脚与颤抖的眼无不透露出刚刚步入社会的紧张与小小的激动和兴奋。当年的事情似乎可以提起很多,概因都是人生的第一次吧。

现今的事情反而不如少年时的记忆,或许跟日复一日的琐碎有关。但若能掠去浮萍,以赤子心态看待与体验生活,是不是也会产生少年时的感动呢?

篮球缘分

自悟

篮球是我人生机缘转变的起点。

起初,打篮球只是出于爱玩。"十年动乱"期间,村里组织了两支篮球队,经常切磋比赛,使我们认识了篮球并被吸引。一些同龄的孩子因为篮球的熏陶,渐渐就聚到了一起,加上当时在农村的一些知青也不时参与进来,于是,在当时业余活动单调的乡村,篮球文化渐渐成为"显学"。学校里有位金老师,是个行家,也常常带着我们打球。我小时候个子就高,15岁就有1.82米,我们这一玩,就玩出了水平,玩出了成绩:1971年和1972年,我们这群农村戴帽中学的孩子参加福州市中学生篮球赛,在四十多所中学中,分别取得第三名、第四名的佳绩,威震全市。

我更是玩成了一种热爱,高中刚毕业被部队特招打篮球后,我有很多年是专业篮球队员。

进入初二我就对篮球十分着迷,那时学校并没有球队,基本上是我们这群乌合之众凭着喜欢自觉地练。每天至少练两次。早晨,大家似有默契,很早就到校,专门练投篮和跑篮,同学们到校后都围着我们看热闹,我

们练球就更带劲儿，特别是有女同学观看时，就更加"人来疯"。下午放学后则专练比赛，打半场，三打三，赢了的休息，输了的继续打。我们靠手心手背来分组队，多的时候有五六个小队，就分两个半场打。没有裁判，由两队自行裁判，有争议时就由休息的队主持公道，每天直打得天黑看不清篮筐了才回家。

学校的篮球场十分简陋。场地是黄泥巴的，夏天尘土飞扬。地也不平，特别是雨水冲刷后边缘部分露出许多小石子，硌得脚底生疼。篮球架由一块木板和两根木柱子构成，篮筐和篮板固定得不牢，且篮筐向前倾斜，每次投篮都会发出"哐哐"声。球场也没有四至边界，大家全靠经验和目测，好在都不计较。只是在打比赛时用卷尺测量一下，用石灰洒出线条来，这也是平时打球目测的依据。

我中学的篮球经历，有三件事最难忘。

第一件事是遭遇"跳球"（争发球权）尴尬。我参加的第一场正规篮球比赛是在高中时与福州大学机械厂代表队之间进行的。有一位爱好篮球的同学分在福州大学机械厂,厂里篮球运动很活跃,经他牵线就撮合了这场比赛。我个子最高,被指派去跳球。因为我们从来没有参加过正规比赛,当球抛起来双方起跳时,我出手太快,没打到球却打到了对方的眼眶,对方立即眼眶出血。我吓坏了,那场球根本没心情打,一直担心把人家眼睛打坏了。好在对方倒是坚持打完了全场,事后也没听说有什么事。现在想想那时真是少见识,连跳球都不会。

第二件事情是崴脚成为家常便饭。我两条腿的踝关节都有习惯性扭伤的毛病,这是篮球给予的纪念。有一次我的脚崴了,同学"蛋蛋弟"扶我回家。因为天黑了,我不敢多说,家人也不以为然,可我每天的重要家务"挑水"还必须完成,"蛋蛋弟"就帮我挑。而崴了脚一两天又痊愈不了,第二天还肿得很大,十几天不能挑水,"蛋蛋弟"为此做了十几天长工。那时候不知道脚崴了会使毛细血管破裂而感到疼痛,还以为要进行按捏,于是天天用药水推拿,结果越来越肿,越来越疼。后来才知道,脚崴了,要用冷敷的办法,用冰水或冷水敷,24小时后方可上药热敷。此后,我常用中药癀仔粉,以水或酒精拌面粉贴敷(如用酒精每8个小时要加一次,防止干裂失效),24小时后就会消肿,显出青色淤块。每次崴脚,正确护理,一周可以正常行走,一个月可以正常活动。

当然还有其他药物如中草药"梧州",在热锅里捂软后敷在伤处也是有效的。

最难忘的是与福州一中的比赛。

1971年的农村学校能参加福州市篮球决赛的,只有我们这所"戴帽中学"。我们没有经费住宿,福州市体委就安排我们住朝阳区(今仓山区)工农兵小学(今麦顶小学),我们自带被褥,每天坐公交车参加比赛。有一天与福州一中比赛,赛场安排在延安中学。延安中学前身是福州女中,他们的女队在福州市中学女队中排名第一,还有两名队员被福建省体工队和原福州军区代表队选中。校队篮球水平很高,篮球普及程度高,观众水平也不低。

比赛还没开始,我就出了一个洋相。大家脱外衣进行热身运动,当我脱去外衣时,露出一件水红色的毛衣,那原本是我母亲穿的,拆洗后妈妈重新织了给我穿。当时我听见一阵惊呼,一个黑黝黝的瘦高个男生,居然穿

了这样一件另类的毛衣，实在出乎他们的意料。那阵惊呼声让我无地自容，也使我的队友很难堪，好在接下来的比赛让我挽回了面子。

　　一边是毫无名气的农村学校，另一边是福州的名校。起初观众心里还有先入为主的判断，认为是一边倒的比赛。但比赛开始后，福州一中基本被我们压着打。当场面完全被我们掌握后，后场篮板、长传快攻打得意气风发，令延安中学的学生刮目相看，观众一边倒地支持我们。正在这时，我的裤子又出毛病了。说来难以置信，那天因为比赛穿的短裤没晒干，只好穿着长裤，里面贴身穿的是系带子的内裤，在激烈的运动中带子断了，内裤直往下掉，卡住外面的裤子，跑不开了。停下来也没有裤子换，而我还是篮板和快攻主力，下不来场，只好硬着头皮在场上奔跑，但动作和速度已受影响，还时不时停下来拽拽内裤。比赛结束后发现，内裤因强行跑动都拉扯烂了，幸好尴尬只有我自知，没影响成绩，更没让观众再次惊呼，让队友难堪。

这场比赛我校大比分胜出，为取得全市第三名奠定了基础。是年第一名是福州铁路中学，第二名是福州三中，而我们农村中学一向在裁判、场地和观众等方面处于劣势，取得第三名。是因为我们体力好、敢打，篮板和长传快攻有特色，加上队员各有特长，所以比赛之后，我的一位队友被福州市少年队选中，而我被部队特招。

篮球，是引领我走向社会的第一扇门，我将这扇门打开了。

网友留言

✉ **新浪网友**　2010-06-02 23:44:41

我没经过专业训练所以我不会告诉你们该怎么练，但我想说一些心里话。

不管你打得好坏，拥有一颗热爱篮球的心，那是最重要的。

那时候打篮球打到夜晚小区楼上老大爷拿手电筒照我。

那时候抱着篮球睡觉，听说这样能增强手感。

那时候只要一下课就急匆匆跑到场地并不是很好的学校操场占场。

那时候虽然每次都输得一塌糊涂，还是笑呵呵地面对。

✉ **新浪网友**　2010-06-02 23:45:49

篮球，陪我们长大！即使是篮球商业化越来越严重的今天，也不会忘记我们对篮球的那份执著和追求，最纯粹的篮球！

✉ **新浪网友**　2010-06-09 12:51:05

碰到有兴趣相投的同路人，多了一份触动。我们同样都把汗水献给了燥热的水泥地。或许，这种爱好本身也是单纯的——想想，我也保有一份单纯——其实仔细想想，每个人身上都有单纯的闪光。

我们都喜欢篮球，也许都是喜欢篮球飞在空中时，所有拼抢者痴痴地、呆呆地注视。

✉ **新浪网友**　2011-02-21 15:05:11

"特别是有女同学来观看时，就更加'人来疯'"——青葱岁月的懵懂骚动。

"一个黑黝黝的瘦高个男生，居然穿了这样一件另类的毛衣"——艰难时代的辛酸尴尬。

一段篮球情缘，一段人生历程，一段跨越时空也难以割断的回忆，令人百感交集。

我的外婆

外婆祭

外婆离开我们近 17 个年头了。岁月流逝,对她的记忆不是渐行渐远,而是更加清晰地融化在我的灵魂和血液里。每次回老家,我都会去外婆住过的老房子看看,那个灰暗的屋子,承载了我生命里最初的记忆。此时,心中都会涌出阵阵酸楚,脑海中浮现出外婆操劳的情景。

从蹒跚学步到应征入伍,我一直和外婆住在一起。她给予我最初的人生教育,她的一言一行,都深深地刻在我的脑海里,并在我身上留下抹不去的印记。

外婆一生勤劳,她善良、乐于助人,在她身上,处处体现出受民间传统文化影响的人生态度与价值。

外婆很勤劳。在我眼里，除了睡觉，她永远都在劳作。每天早上，东方刚泛白，就听到她刷洗锅灶的声音。乡村的锅灶晚上总有蟋蟀、壁虎等小虫光顾，早上做饭前必须先刷洗一番。这只是一天劳作的开始，等一家人吃完早饭，她就开始忙手工活——做篦梳，活计按件计费，多劳多得。外婆总要做到晚上9点半左右才歇息，算起来每天劳作十五六个小时，只在中午时休息10~20分钟，她称"滚滚床"。我现在午休也只20分钟左右，正是受她影响。外婆勤勤恳恳做了几十年，直到八十多岁才在我们的劝说下放下篦梳活，但是家务还是样样照做。她常说："人不需要太多的玩，阎王爷多放生你一年，会多很多玩的时间。"这就是她的人生态度。

外婆最为人称道的是她的善良。她是邻里出了名的好人，别人有困难，不论贫富老幼，不论亲疏远近，她都尽力帮助。为此她深受大家尊敬，听妈妈说外婆在少女时代即如此。外公家是个大家族，光叔伯兄弟就有23

我的外婆

人，加上姐妹就更多了。他们家的房子是三进六扇的大木屋，新中国成立后许多街坊邻居也陆续搬进来住，有个时期这个大宅门里住了五十多口人，与我同龄的就有二十多人，最大的1952年生，最小的1964年生。老屋人丁兴旺，十分热闹，外婆在孩子们心目中最受尊敬。后来大家长大了，都搬出老屋，各奔东西。但外婆去世时，所有住过老木屋的孩子们都回来给她送行，而按惯例每家来一人就算尽礼数了。

外婆喜欢帮助弱者，她总是把悲悯之心体现在行动上。邻里"大弟嫂""五弟嫂"等，平时常到外婆那拿些米，外婆有时也给他们钱。每年洪水季节，他们都搬到我家厅里吃住。记得最清楚的是有天凌晨，外婆窗外突然响起带着哭腔的喊声，"十五婆快来，我妈死了"。这是"五弟嫂"的儿子明顺突如其来的哀叫。当时天还没亮，外婆立即起身下床，帮他料理后事。不仅如此，对于有过口角的邻里乡亲，外婆也从不记仇。那时与我

家一墙之隔的邻居，家境比较富有，因为两家之间拆墙后的墙体设置起了冲突，邻居就用破船板钉在隔墙，这是很忌讳的事，但外婆从不以为然。后来这家男主人得了胃癌，外婆还经常去帮他清理秽物，女主人瘫痪了，外婆也时常帮她清理。她认为"退一步海阔天空，进一步逼虎伤人"。她很大度，所以常人难以释怀的，在她那却很容易过去。

外婆有一套独具乡土气息的为人处世的哲学观。对于教育孩子,她认为"好鼓不要重锤敲",要顺其自然,不要给孩子压力;同时又认为"坏伢细心带",对有坏习惯的孩子要耐心细心,不能急,要用爱去感化孩子。对教育子女做人,她认为:做人得到大家的好评很重要;要凭本事赚钱,不义之财不能取;要勤劳,要守规矩,要行善,代代行善才能有益子孙。除了祖宗祭祀外,外婆很少烧香拜佛,她认为"相是随心改的",要用行动改变自己和子孙的命运。她从不算命,认为算出来的好事如果没来会失望,算出来坏事又要整天提心吊胆,凭心做事最好。就是这些口口相传的民间哲理指导着她的

一生，影响着她的一生，也影响着她的后辈，教育着她的子孙。现在我每周去看望母亲，她总是提醒我"努力这么久很不容易，要好好工作，钱够用就行，儿孙自有儿孙福，不义之财不要取"等，语言很直白，却很实在。我都将此视为家训。

外婆很疼我。我入伍后在运动队，每年都有两三次机会回家。每次回家外婆都杀鸡给我吃。她很会养鸡，但舍不得吃，总要等我回来吃。养鸡周期长，从孵出小鸡到可宰杀要六七个月，弟弟总说外婆养的鸡都是我吃的。我是吃了很多，不过大家也一起吃了啊。那时战士第一年每月津贴只有6块钱，以后7块、8块、10块逐年增加，外婆时常会从她微薄的收入中抽出5块钱，夹在平安信里寄给我。

每年，外婆都会外出两次。一次是去福州西门的弟弟家，主要是去烧香还愿。每次早出晚归，回来时兜里必定带着吃的，至少也有光饼。我总是算准了时间赶到西禅亭去等她。那时候从洪山桥到洪塘镇2.5千米,有两座亭,一座极目亭,一座西禅亭,是提供给路人歇脚和躲雨的,公交车只到洪山桥。见到等候的我,她脸上堆满笑容,马上从兜里掏出东西给我吃。另一次就是农历九月十五,外婆回娘家——去淮安村过"半蛋"节,这是农村丰收后的一种祭祀活动。她一般都带着我去,步行近4千米,遇上下雨或者迟了还会住上一晚。淮安山清水秀,是闽江南北港的分水岭,也许正是那样的地方才会孕育出外婆这样灵秀的人物吧。

外婆很少责骂我,记忆中唯一一次是因为吃。外婆很能吃苦,家里好吃的东西都留给儿女们,自己吃得最少最差。记得20世纪60年代,有一阵子吃公社食堂,我当时四五岁,外婆每天去集体食堂拿饭,一人一罐。说是饭,其实是稀饭,我经常用手指头去压压,比比哪一罐硬。其实每罐米的份额一样,一般都没有差异。但有一次我发现其中一罐比较硬,就嚷着要吃这罐。可外婆不让吃，那是给我妈准备的。妈妈去挑土修堤坝，要多吃一些。我哭闹着要吃，外婆不让，还拿根竹条骂我，这是外婆唯一一次骂我。

外婆一生平凡，却事事顺应时代。她很开明，60岁时买了"康寿"——就是活人给自己准备的棺木。后来要求死后火化，对这样的变化，她坦然接受，说社会有要求，人死后就什么都不知道了，不要为难孩子们。

外婆从生病到去世只短短两个月时间。她病的第一个月我在福州，几乎每隔一天就回家探望。后来要去深圳大学培训，我以为老人会支撑很久，却没想到走得那么快。当我接到电报从学校赶回时，她已离世，被安放在后厅。我握着她苍老而冰凉的手，心里阵阵痛楚，那一刻，我祈望我的呼唤，能穿过阴阳之隔，唤回她，向她诉说思念与不舍。那晚，我独自留在后厅守灵，与亲爱的外婆做最后的陪伴。"树欲静而风不止，子欲养而亲不待"，人生最大的悲哀莫过于此。弟弟总认为，那时如果有钱可以送老人到医院,老人就可多活几年,她去世时86岁。现在每年农历五月初三,我和弟弟都会去舅舅家给外婆烧些纸钱,每年清明节都要去老人坟头除草,放些她平时爱吃的糖饼。

母亲说,外婆在最后几天拒绝吃喝,因为她已不能自理。她不想拖累子女,说明她走时十分清醒。对外婆的绵绵思念,一直鼓励着我们这些后辈,按老人的为人之道去矫正我们的言行,将她的人生哲理在家族里代代相传,不辜负老人的苦心教诲。

网友留言

✉ **新浪网友** 2009-12-10 09:22:48

文章很感人,文笔也好!时间过去这么多年,博主还能对外婆的往事如数家珍,足见感情之深,也确实深深地感染了我。外婆为人处世的原则,来自于中国传统文化的积淀,值得我们后辈学习。

✉ **江南一棵树** 2009-12-12 09:47:38

班长自小聪慧,吃光饼、抢饭罐都显得意趣盎然,更感人的是对亲情的追溯与回忆。

✉ **新浪网友** 2010-01-16 23:29:56

文字朴实真挚,娓娓叙说,却有一种感染人的力量。祝福您!

✉ **忠恕** 2010-02-28 17:31:05

常怀感恩、常思奋进。

先生在博客撰文已两年有余,其中大体两类:一类涉及专业,一类则为回忆性散文。读先生文章,时而陶醉,时而振奋。陶醉于先生描绘的四时天地、人文轶事;振奋于先生的见识感悟、积极进取。细观内容,"常怀感恩,常思奋进"之情跃然纸上。

先生说"童年是首无主题的乐章",童年也许无主题,但回忆一定有主题,此主题当为感恩。天生万物以养人,天地四季对我们是有恩的。"春之声、夏之夜、秋之章……",先生娓娓道来,小到捉鱼摸虾、大到农忙秋收，字里行间洋溢着对过往岁月的留恋喜悦，即便时年艰辛，物质匮乏，先生也以从容淡定的笔触带过，沉淀的只有对天地四季的敬畏和感怀。

长辈亲人对我们是有恩的，从先生对外婆以及众位亲友的追忆可以体现出来，当读到"每到晚饭的时候，外婆也常常在这满天落霞之中出来寻我，一看到她的身影，我就赶紧飞奔回家"，心中顿生酸楚，几近落泪，"树欲静而风不止，子欲养而亲不待"，人生憾事，有过于此乎？亲人给予我们的不仅仅是无微不至的爱，更深层的是做人的道理、立身处事的准则，这是人类薪火相传、亘古不变的精神支持。

✉ **新浪网友** 2010-03-16 15:28:06

质朴的笔触，直指人的心灵深处，那是柔软的回忆。有这样的老人在的地方，是我们每天都盼望回去的家。

✉ **心逸** 2010-06-03 17:53:10

身教重于言教。良好的家风是孩子成长成才的沃土。

文字朴实，真挚感人。外婆的善良聪慧，感化着幼小的你，外婆点滴的爱意，滋润着茁壮成长中的你。几处细节传递出深情，些许文字反映美好追忆。

还记得小时候，外婆来我家时，常会带来4个熟透的红柿子，4个兄弟姐妹一人一个。小小柿子，那份深情，穿越时空，令我们终生感怀外婆的爱。

✉ **新浪网友** 2010-06-04 13:44:01

句句流真情，字字暖人心。虽没有浮华的辞藻，但质朴的字里行间流露出了对外婆浓浓的爱与无尽的相思之情。作者之人丁兴旺，但不变的是外婆对子孙的关心与爱护。在当时的年代，作者的外婆以其特有的淳朴，征服了每个人的心。从管理亲族事物再到处理邻里关系，无不体现外婆的善良。每段的首词都是外婆，亦是声声呼唤，亦是不舍挽留，让人不觉可惜。"乌鸟私情，愿乞终养"，可作者却"子欲养而亲不待"，如此反差不禁潸然泪下。每一个和外婆的细节烙刻在作者的脑海，不难发现，外婆的言行已深深影响着作者。逝者已去，但其人生观与价值观，却无不为后人所效仿。文章如一张张精美的幻灯片，让读者流连于作者的文字，品味亲情的温馨。

✉ **江南客** 2010-06-08 10:22:18

长久以来，我始终相信，人生的大智慧存于乡野之间。外婆的难得之处，不仅在于其明理，更重要的在于她一生都在按照自己认定的人生观和价值观进行着实践，并且通过自己点点滴滴、一以贯之的实践把这些为人处世的道理传承给下一代。外婆身上的东西很多都是中华民族的传统美德，她给我们提供了一个民间样板，值得我们这些后辈好好学习、代代相传。

✉ **新浪网友** 2011-02-21 15:07:08

亲情是人类最本真、最动人的情感，是历代文学作品永恒的主题。

在平淡、平凡的回忆中，将家常之事娓娓道来，不仅将一个淳厚朴实的外婆形象展现于眼前，也将对外婆的深切缅怀与深深眷念之情蕴涵其中；在亲人逝去之际，没有"呜呼痛哉""天乎！人乎！而竟已乎"之类的长号悲鸣，而是用平缓的语调叙说对外婆的思念与不舍，但于平缓之中深沉地表达了痛失亲人最后一面的透彻心扉的遗憾与哀恸。

文自肺腑出，出则动肺腑。只要是发自内心深处的语言，不论多么平凡简约，多么朴实无华，都能引起人们心底最强烈的震颤。

外婆留给我的"两碗汤"

十多年前我在散文集《采采乡音》中写过外婆,我认为那是我写得最好的文章。

儿童时的美好回忆,特别从外婆家留下来的回忆,是世上最高尚、最强烈、最健康,而且对未来最有益的情感。如果一个人能把这些回忆带到生活里去,他就会一辈子幸福。与外婆一起生活的日子是我一生的财富,点点滴滴似珍珠般串起真挚的记忆。外婆的言行影响了我的一生。人们常说性格决定命运,那什么决定性格?是言行。什么决定言行?是认知。外婆从小给我的言传身教,是她予以我最初的人生示范。外婆已离开我们33年,时光渐行渐远,有些事却越发清晰。

　　从记事起我就与外婆住在一起,睡在一起。后来我和弟弟都长大了,小床睡不下了,我就搬到床前木地板上打地铺,白天收起来,直至去当兵。小时候乡下的孩子都是光脚到处跑,特别是冬天,光脚走在池塘边泥泞的地上,跑在门前的石板路上,踩在山边集着露水的草上,到了学校,跺跺脚,脚趾缝中还粘着泥土。时间长了,脚趾和脚跟都会红肿起来,这就是冻疮;耳根也一样。晚饭后,用洗完脸的水洗脚,洗完脚还要用尖尖的竹篾去推冻裂的脚后跟缝隙里的泥土和脏东西,有时会推出血,很难受。受热水刺激脚发热,红肿的冻疮就会发痒,孩子们总忍不住用手抓,几次后冻疮就破口,溃烂流水,钻心地疼,但冻疮在农村孩子眼里却稀松平常,寒与饥是那个时代的苦涩交响曲。母亲也会给我买鞋子，基本都是农村"物资交流会"上打折的清仓品，"大一二码，平时不要穿，过年过节才能穿"。我个长得快，十四五岁就快一米八五，脚也同步长得快，等到想要穿时都太小了，所以基本没鞋穿。后来是穿拖鞋：木屐、塑料人字拖。光脚丫子成为我童年的常态，真正穿鞋是当兵以后。

童年物质生活虽然艰难，但外婆却给我留下两碗汤的记忆，弥足珍贵。

一碗是鸡汤。我从小就跟着外婆学喂鸡，从给鸡配种到小母鸡何时生蛋以及抱窝后的孵蛋，我皆能从鸡冠的颜色和脱毛情况判定。为弄清鸡生蛋有时还要摸鸡屁股，怕蛋下在外面；鸡生完蛋会跳出窝，这时要喂些大米谷子之类的犒劳它，增加营养。

母鸡抱窝孵小鸡一般需要21天。开始几天后要用煤油灯照一下，看看蛋的上凹部变化，判断有没有孵

出小鸡；未配种的蛋孵不出小鸡，仍可吃，不浪费。养鸡的全过程，包括小鸡破壳出生最怕什么、什么时节会得什么病；公鸡在打鸣前要阉割，否则长不大，这些我都跟着外婆学会了。当然最后我也是成果享受的主力,鸡生的蛋我吃得最多。外婆说刚生下的蛋以热米汤冲喝最补,因此每遇鸡下蛋而外婆恰好煮稀饭,她就会用滚烫的米汤冲泡生鸡蛋给我吃,真是世间至味。

外婆常说:有根的要种,有嘴的不要养。养鸡原本是顾及家里的剩饭剩菜,但其实当时并无剩余,只是摘菜的残叶和饭后的残渣,以及谷糠和泔水桶的沉淀物,食物链上真是彻底的吃干榨尽。

每年外婆都要孵两窝小鸡,每窝十几个蛋,顾及母鸡的孵化率,太多的话母鸡翅膀也盖不住。鸡一般至少要养十个月,这样精打细算,平时有蛋吃,过年过节也有鸡吃,当然平时偶尔也吃鸡。每次杀完鸡,外婆将鸡剁成块,鸡肠子缠着鸡胗,一同放入瓦罐清炖,起锅时只需加点盐,味道就极鲜美。鸡胗上的那层膜是一味中药(鸡内金),将膜慢慢地、完整地剥下来,晒干了可以卖给回收的。天井连着大厅、后厅，四面通风，当炖好的鸡端上大厅饭桌时，便满宅飘香。外婆每次都让我们先吃，尽情吃，她自己从来不吃。香味浓郁的鸡汤，从舌尖顺溜地滑落进胃里的感觉，强烈地刻在了我的记忆里。先吃鸡头，蘸虾油；再吃鸡腿，大快朵颐；再喝鸡汤，没有比这更好的吃物了。记忆中这碗汤，我喝了二十多年。

弟弟说外婆养的鸡都被我吃了。是的，每当我回家探亲，外婆必会杀鸡，自然大家一块吃，但我是主力。直到外婆老了，养不动鸡了，我也没了这碗鸡汤……

今年，我的外孙女六年级，正长身体，我想去买几只土鸡给孩子补一补，蹿一蹿身高。她在班上只是中等个儿，现在一米五三。

我去乡村打探，托人购买，几经折腾，比较了五六种鸡，散养放养、野生家生、会飞善跑的，都买了，却发现已然没有了过去那唇齿间的味道。时光回不去了。

在我小时候，外婆每天早上是不喂鸡食的，饿着它，放它出去寻食觅食，自己"扒罗"，中午特别是晚上回来要喂一顿。觅食，鸡爪是重要工具，"扒罗"就是用鸡爪去扒，去寻找食物，觅得各种小虫，例如在土壤里的蚯蚓。鸡到过的地方必有"扒罗"的痕迹，这样养出来的鸡野性十足。鸡爪瘦而有力，显示其生命力旺盛。因此，只看鸡爪我就能判断是什么品种、如何喂养的鸡。如今的鸡"缺三样"：一是生长时间，至少得十个月以上；二是品种，好土鸡品种罕有；三是饲料，玉米、豆子都不行，养出来的鸡虽肥而不香，四十多天就出笼，只有饲养味。但我深以为，鸡汤所缺的更是外婆的味道，是外婆那独一无二的无私的爱的味道。外婆的鸡汤给了我浓烈、永恒的亲情。

除了鸡汤，记忆深处还藏着一碗外婆的牛肉汤，沁人心脾，终生难忘。

记得10岁左右的一个深夜，我和两个弟弟、外婆四个人睡在一张床上（后来老家房子拆迁，这张床被放在乡下亲戚的仓库里，几年前我偶然看到并立即修复。弟弟说今后就放在回迁的房子里。但后来房子出租时租客不要家具，修复后的床又被搬出去了，没有用却又舍不得丢），半夜里外婆叫醒了我们。她端着一碗散发着浓香的汤，对三个睡眼惺忪的孩子说，前屋家里住着的那家人（老家闽侯上街，男的叫锦峰，女的叫依娇，三个小孩，一间房住着他们五口人）老家的小牛摔死了,杀了后半夜偷偷地拉到福州去卖(当时自产自销,不允许个人擅自买卖肉类农产品),给他们留了几块肉。因为他们长期用外婆家的灶煮饭,所以半夜煮肉也给外婆留了一碗牛肉汤。外婆端来给我们吃,我们让外婆也吃点,她说在厨房煮的时候已尝过。所有好吃的东西,外婆都留给我们,自己从来不吃。一碗牛肉汤我们三兄弟分吃了,几片牛肉从来没吃过,只觉得太好吃了,还没回过味来就吃完了。长大后,虽然也吃过来自世界多地的牛肉,却再也没吃过这么好吃的牛肉汤。

对我而言,有这样的外婆是幸运的。不仅是吃,她在行为上也为我们做出了榜样,言传身教,我不知道如何用语言表述。她不仅对我们兄弟如此,对邻居的孩子、大人都是如此。她博大的爱在邻里传颂(《我的外婆》有述)。我妈说她从小就是这样,是天性么?外婆的善良、勤劳、爱心刻在骨子里,流淌

在血液中，落实在一生的言行里，毫不做作，自然行善，被大家认可，为后辈做出了榜样。外婆教会了我勤奋："自己能做的事一定自己动手做""爹会娘会不如自己会"；教会了我善良：一切事往好处想，以

德报德，以直报怨，一切忧愁过而不住。

外婆去世时，我从深圳赶回来（正参加国家土地局在深圳大学办的两个月的培训班学习），为她守灵。1992年农历五月初三外婆去世，每年的这天，我和弟弟（小弟弟因为是早产，身体差，5岁时夭折了）一定赶到舅舅家祭拜外婆，坚持了32年。五月初三时近端午，天气已热，每次去舅舅家都要多带件衣服置换，因为长时间烧纸的热炙，往往满身纸灰一身汗水，衣服都透湿。去年舅舅去世后，我与弟弟商量着把外婆的遗像请到家里供在贡桌上，每年五月初三继续祭拜，寄托哀思。不知道这样做是否合规，但百善孝为先，论心不论迹，论迹无孝子，凭心去做一定是符合人性的，是会得到天地的允许，心诚则已。母亲在世时也曾交代我们，要给外婆多烧纸钱，"她心善，在下面还可以多帮助些人"。

每年清明节，我们与舅舅一起给外婆扫墓。我小

时候外婆也带我去扫墓,带孩子去是让他们记住祖坟以及曾经的先辈,一代代相传。后来舅舅年事高行动不便,我们就开车抬着他去。舅舅去世后,我和弟弟去扫墓。我们家的祖坟与外婆的墓地恰好在一起,这几年我们坚持清理维护,如今母亲和舅舅都已往生,我们也步入老年。我和弟弟相约一定祭拜外婆直到我们老得不能动弹。

前段时间,外孙女舒窈写了一篇作文《我的外公》。我发给弟弟看,他说看文章想起外婆,悲情难抑。现在每次回老家,我必定要去老屋看看。走到我们与外婆居住的老屋前,门锁着,我推开窗门,趴在窗口,向内张望许久。房间内摆设依旧,布满灰尘,想起外婆,往事历历,不由牙关紧,鼻子酸,泪盈眶。

如今我也学外婆呵护我的孙辈,虽形式不同、内容有异,但爱的本质是一样的。血脉亲情是人类第一等最无怨无私的爱,《六祖坛经》中说,一灯能除千年暗,一智能灭万年愚。外婆那舐犊情深又不宠不溺的爱,在那个贫乏酸楚的时代就如一盏灯,散发着满满的无我、无私、善良,浇灌着我们,温暖着我们。

外婆的爱已深藏我心,镌刻于骨。我希望,这份金子般的爱成为传家宝,代代相传,永不磨灭。

网友留言

✉ **Deepseek**

《两碗汤》

冻土裹童趣,寒霜砺稚肩;

两汤融苦暖,一世润心泉。

注:诗人通过冻土、寒霜等意象再现童年困顿,又以"两碗汤"的温暖意象完成精神升华。全诗运用冷暖对照手法,将外婆的汤水之恩升华为心灵滋养,既暗合"润物细无声"的传统意境,又赋予现代诗歌的意象密度,在二十字间完成三代人的精神传承。

✉ **江南客**

读《外婆留给我的"两碗汤"》让我不禁想起了陈行甲回忆他母亲的文章,让我想起了这些伟大的中国女性,在家族的薪火传承中所起到的言传身教、润物无声的作用。在我看来,这或许就是我们常说的要"讲家风,信福报"。这些朴实的中国女性往往生于乡野,长于农村,并没有受过系统的教育。她们缺少知识,却不乏智慧、文化和行动力。她们有着未受尘世污染的金子般纯净的心灵。她们善良、无私、勤勉、自律，勤于做事，乐于助人。她们往往在操持家务，养育儿孙的同时，还不时帮衬邻里。她们有着对生活、对人性非常朴素却极富哲理的见地，笃信笃行，成为家人乡人眼中的人生楷模，成为家族后辈的暗夜传灯人。而她们的"初心至善，私心了无"的人生信条往往也成为家族巨大的精神财富，滋养着后代，让家族能够薪火传承、人才辈出，让我们能深信"好家风，有福报"。

✉ 军旅途中

李格非善论文章，尝曰："诸葛孔明《出师表》，刘伶《酒德颂》，陶渊明《归去来辞》，李令伯《陈情表》，皆沛然如肝肺中流出，殊不见斧凿痕。是数君子在后汉之末、两晋之间，初未尝欲以文章名世，而其词意超迈如此！吾是以知文章以气为主，气以诚为主。"今读此佳作，信然！

✉ 姗姗

细读佳作，不由泪湿眼眶。我是奶奶带大的孩子，如今回想，是她将信仰的种子深埋我心，我才能够在历经坎坷之后，依旧喜乐勇敢前行。

✉ 风雷

一切事往好处想,以德报德,以直报怨,一切忧愁过而不住。

外婆的善良,已达到儒释道融合的境界。自古以来,能达到这种境界的人,少而又少。

✉ 潘哲

读了此文,心绪不由自主地跟着走。作者对外婆的思念流露得自然而强烈,因此很具感染力。特别是把"孝"具像化后,对人性中"善"的诠释深化了。

✉ 何音

每个人的外婆的汤有甜有咸,各有不同,但共同的滋味是血脉亲情、是慈爱代代相传。

农村供销社

计划经济时期,农村供销社是垄断农村供应的庞然大物。除了粮食,从日用百货、农副产品到烟酒茶、鸡鸭鱼肉这些食杂用品,所有东西一应俱全。当时农村物质很匮乏,还要凭票供应,能在供销社工作是件很荣耀的事,娶媳妇都比别人有优势。

小时候印象最深刻的是供销社一年一度举办的"城乡商品交流会"。所谓"城乡商品交流会",其实就是将城里积压的瑕疵品、次品,主要是日用百货,在农村打折销售,类似现在举目可见的换季清仓大甩卖。交流会一般都在春节前举办,因为这时候正是农闲时分,大

集乐卿音

家都有时间去逛。每当快到交流会举办的那几天，我就很兴奋，像过年一样。公社里有条状元街，因为明朝时出过状元而得名，是当时最繁华的街道了，农村供销社所有的门店都在这条街上。交流会期间街面上到处彩旗飘飘，横幅标语满目皆是，商家还会提前发出告示会卖哪些商品。四里八村的人都来逛，熙熙攘攘。

我家每次都不会买很多，主要是买些布头（就是布卖完后剩下的不成块的布），打折的毛巾、布、搪瓷品（有些瑕疵）。记得有一年，我妈买了一块布给弟弟做衣服，她认为孩子长得很快，所以要做宽大些才耐穿。当时有句很经典的话叫做"尽布料"，也就是布料有多大衣服做多大，不浪费。结果等到我弟弟长大后穿这件衣服还是太大。给我买鞋子也是如此，都买那种很宽大的鞋子，那时候我的每双鞋子都太大。

不过每年我都会很开心地去逛街看商品，最爱看的就是供销社每年举行的行业劳动技能比赛。那是很正式的比赛，单位要以此作为评奖的依据。卖干鲜货的要比"一手抓"的准确率，以及包装的速度和美观的程度；卖鱼肉的要比"一刀切"的准确率，以及稻草绳的捆扎方法和牢固程度；卖食品的要比"一称准"的准确率，各类食品给出重量要能一次称准和包装好。这些技能竞赛，给交流会带来了很多人气，吸引了很多人来观看，并进一步推动了职工劳动技能的提高。

由于当时经济困难，物质紧缺，供销社的各个门市

部门口经常要排队买东西,最紧缺的就是肉类和海鲜类,虽然这两样我家也不是经常买。有两件事我记忆犹新。那时候生猪不允许私宰私卖,须由供销社统购统销,每周固定一天收猪,附近村里养猪的人家都赶着生猪来卖,工作人员当场进行评等和过秤。按照肥瘦和出肉情况,生猪被评为一等、二等、三等或不列等,不同等级收购价格不一,所以供销社工作人员的自由裁量权很大。卖猪的农民唯唯诺诺，不停地给他们递烟，一支接一支，目的是希望等次评高些，并尽快过秤，如果时间拖长了，猪大小便后重量就差很多。工作人员往往嘴上叼支烟，手上拿支烟，耳朵两边还各夹一支，手上拿把剪刀。剪刀用来给猪做记号，剪猪背部的毛，由于毛被剪掉了就留下了明显的印迹。这些工作人员刀法娴熟，绝不会刺到猪背，又能把猪毛剪掉。剪一刀是一等，两刀是两等，三刀是三等，不入等的瘦猪就打叉。后面跟着个人负责记录。每逢收猪都有很多人看，对猪的等第评头论足、发表意见，当然他们的意见基本不会对工作人员的自由裁量产生影响。

买猪肉要很早去排队，虽然买肉的人不多，买的量又少，但因供应量更少，所以每天依旧排长队。卖肉师傅用自行车将分成两半的猪肉剁好，猪头、下水另外放在竹编的筐里，一边吆喝一边将肉放在砧板台上，一块块剁开，肉的分类没有现在细，价格比例也不同。最便宜的是猪头肉，猪蹄、小肠等比肥肉还便宜，因为猪蹄毛多，不容易清理。他们总是将自己或朋友需要的肉先留下，割好放在砧板下的某处，排队买肉的只能眼睁睁看着等着。我很少去买肉，但曾经有两个月会每隔两天去一次，那时我母亲生病了，听说吃猪肝可增加营养。那时猪肝比一般肉贵，每斤0.95元，而我每次只买0.2元左右。很佩服卖肉师傅的"一刀准"，约两指宽，一

剁一个准。排队买猪肝要一个小时左右，我每次都很早就去。

海鲜买卖主要在夏天。我很喜欢吃海蛏，将海蛏洗干净，一支支竖着插在碗里，俗语叫"炖蛏"，放些葱头、生姜、盐巴，肉嫩汤鲜；另一种吃法是"蛏抱蛋"，先将蛏煮熟剥肉，把绕在蛏身上的黑色线带拉掉，放入蛋、洋葱、少许盐，煎成薄饼状，十分美味。煮蛏的汤可加入瓠瓜、丝瓜，吃起来很可口，是小时候的最爱。可是现在一只都不敢吃了，一来因为滩涂污染严重，二来现在卖的都是水泡海蛏，海蛏已不堪食用。当时最好的"老蛏"要养殖两年以上，最贵的每斤要0.2元，便宜的也要0.12元左右，数量很少，去晚了有时买不到或只剩下小的和破壳的。当时我家一位亲戚在马榕村的供销点，每天去供销社提货，其中就有海鲜。偶尔，我会站在街旁等他，侥幸挑些好的蛏。

农村供销社，是20世纪物质匮乏年代我们生活中的一个产物,是我那村野童趣时光里的一抹鲜亮,我常常回味那与生活贴得如此紧密的满足感。现在物质越来越丰富,但我有时还会想起,想念那个一根冰棍就可以快乐一个下午的夏天,那种单纯的幸福。

网友留言

麻辣豆妈　2010-09-24 23:22:53

一根冰棍就可以幸福一个夏天。

似乎我也经历过。当时还是5岁孩童,住在乡下中学里,夏日炎炎的时候,午后就有卖杂货的小贩摇着铃,沿街吆喝,有时候是豆花,有时候是冰棍,还有糖块。对于我而言,有如天籁之音,一群孩子和大人磨来几分钱,冲上去买一根冰棍,绿豆的,加料很足,咬上去,又脆又绵。如果表现不好,就只能躲在不远处,看着别的孩子享用,明明馋得要命,却又因孩童的自尊,偏偏要表现出不在乎的样子。后来,赶上改革开放的好日子,吃过各式各样的冰棍、雪糕,甚至在福建还没有哈根达斯的时候,在资本主义国家花了百来块大洋,去啃一根昂贵的冰棒时,却再也没有那甜蜜的滋味。

✉ **麻辣豆妈**　2010-09-24 23:23:09

绿豆冰棒带给了一代人无限的快乐和满足。当然，这创造不出价值，也奉献不了GDP。但是，在追求品质和小资生活的当下，单纯的快乐真的很少了。那是干净的、纯粹的、简单的幸福。哈根达斯有句很著名的广告："爱我就请我吃哈根达斯。"也使得简单的冰棍成了见证爱情的甜品。一杯就可以出售近百元。从经济学角度来看，无疑是成功的宣传案例；从社会学角度来看，是幸福感的消退。

小时候，我也感受到赶集的快乐，每到周末，妈妈牵着我，去集市上买海鲜，小摊贩们吆喝着，摆出各种各样的货物，每个人的脸鲜活而生动。很久以后在，遥远的新西兰，一个叫哈密尔顿的城市，也看到了这样的场景。人们把家里用不上的货物拿到集市上去交换和甩卖。有床单被罩、洗漱用品，甚至拖鞋睡衣。聊得开心了，甚至可以用一块钱买下三四件东西。有的街头艺术家当街弹唱，地上随意扔了个帽子；还有不怕生的麻雀落在熙熙攘攘的人群中间，甚至停在人们的手心，啄着面包屑。时间悠久绵长，每个人脸上都洋溢着快乐而单纯的笑容，眼睛明亮。随意躺在草地上，眯着眼，就能看到湛蓝的天空。在那一刻，时光仿佛倒转20年。

快乐，其实触手可及，班长的这些文，都能触及心中最柔软的那部分。我们的时代，仿佛电影旧胶片，一张张闪过去，从物质极度匮乏到衣食无忧仅仅用了一个人从孩子到成人的时间。那些烦躁的、焦灼的、忧虑的、患得患失的情绪，却在国人心中蔓延。这不是一件好事。所幸的是，人们开始追求和谐。当有一天，这些都不成为标榜时尚和文明的口号,真正意义的平衡也就到来了。

我期待着这一天,在发未脱、齿未摇的时候,能静静地坐在城市的某个角落,看着孩子们,摆脱所谓文明的束缚,在温暖的阳光下,像小鹿般,自由自在地奔跑。

✉ 新浪网友 2011-02-21 15:09:42

回忆从来就不只是个人经历的简单记录,也是一个时代的缩影。

农村供销社就是20世纪物质匮乏年代的一个符号。作者在生动翔实、图文并茂的叙述中,将特定时代的生活内容和思想情感浓缩到农村供销社这一特定的形象之中,折射出那个物质匮乏、凭票供应时代农村供销社给农村生活带来的兴奋和满足。

如今农村供销社已退出历史舞台,成为历史痕迹,代之而来的是超市、商场,但它依然是那一代人抹不去的记忆。

我的第一双尼龙袜

尼龙是一种合成纤维,它的主要原材料是煤、水和空气。1928年,美国杜邦公司展示了第一双尼龙袜。在尼龙袜出现以前,棉线袜曾是我们的首选,当我国能自

制尼龙和腈纶后，尼龙袜逐渐流行，因为它结实耐穿、弹性好、花色多，吸引了男女老幼。20世纪七八十年代，堪称"尼龙袜的春天"。

20世纪60年代，尼龙袜还是稀罕物，我很想拥有一双，但袜子很贵，一双要2.85元，几乎是全家一周的生活费。1968年正值学校停课闹革命，在家闲得无聊，就帮妈妈做篦梳活。妈妈知道我的心思，在干了两个多月后，奖励我一双袜子钱。12岁的我兴奋无比，一路跑到状元街的供销社百货店，买了一双棕色尼龙袜。至今还记得第一次穿上尼龙袜时所感受到的细腻、柔软与轻滑的感觉。在这之前，逢年过节特别是走亲访友，我偶尔也会穿几回棉线袜，虽然棉线袜吸汗，但因为棉质差、纺织粗糙，大多质地粗硬、弹性差，袜口还常常滑落到脚脖子上，堆成一团，既不好看，保暖性也差，因此常常宁可赤脚也不喜欢穿棉线袜。当然还有一个原因，那时整个社会生活比较苍白、简单，男孩对美的感觉比较

迟钝，对赤脚习以为常。

这双尼龙袜成了我少年时最珍惜的东西，因此舍不得穿，以至于4年后我去当兵时袜子仍然很新。我不忍丢弃就带着它去了部队，但部队纪律规定战士不允许穿自己的服装，我只能在周末穿。于是，穿尼龙袜过周末似乎成为那段时间开心和快乐的代名词。随着时光流逝，走的路越来越多，尼龙袜开始老化破旧，袜后跟终于破出洞来，没法穿了。我把它洗干净，收藏到"枕头包"

里（部队战士将衣服叠好用一块布包起来做枕头，称为"枕头包"）。随后几年的部队生活，新兵时发的绒衣袖口也开始起毛、破口。于是我想起了我的尼龙袜，我把它从枕头包里取出来，剪下它的袜口部分，仔细地缝在绒衣的袖口上，给绒衣袖口加了一层保护，若把绒衣翻卷出来，从袖口看上去像是件新衣服。就这样敝帚自珍，这件绒衣一直伴随我，直到转业。后来环境变化，物质也逐渐丰富，绒衣不再穿了。可这衣服仿佛有了思想，一捧起它就觉得它是有生命有呼吸的朋友，就一直舍不得丢弃，收藏起来，放在老家的箱子里。

40年过去了，这双袜子就这样被保留了下来。母亲在那个物质匮乏年代的小小奖励，滋润了我的心灵，成为我思考物质与精神关系的一个参照。

诚然，我们的物质生活较四十多年前有了质的变化，但对于物质生活的体验与感受仍然关乎人类持久的发展。比如，在过度消费与勤俭节约之间，如何掌握"度"

就直接关系到当前人类所提倡的低碳经济与低碳生活方式。低碳生活方式不仅是物质问题和消费能力问题,而且是一个对全人类资源的合理利用问题。

我们提倡低碳生活,不是对物质匮乏年代的怀念与追捧。一方面,它是个人健康的需求;另一方面,低碳生活方式是个人高尚品质养成的要求。在大自然总供给与人类总需求的大局中,人类要防止向大自然无度索取

而遭受大自然的惩罚；在人类社会内部的需求结构中，人类要平衡不同层次、不同群体的需求，照顾人类社会的公平正义，促进和谐共处，从这个意义上说，低碳生活方式是对人类与大自然关系的正确认识，是对自然的敬畏；也是对人类自身的爱护，对贫困阶层、弱势群体的悯怀之情，说到底也是对自我的尊重。说一个人的生活方式反映了其自身的修养和品质，实不为过。

在一定意义上，低碳生活将与勤俭节约同行。我们现在不需要"新三年，旧三年，缝缝补补又三年"的生活方式，但是随手关灯、循环利用、整洁衣装、健康合理饮食等要求，仍是文明社会所倡导的；而饕餮大餐、锦衣玉食、挥霍浪费大体也还是初级暴富阶段的群体烙痕。

在驶向现代文明的列车上，希望有你、有我和所有中国人。

网友留言

✉ **新浪网友**　2010-08-31 10:52:29

从一双尼龙袜到反思人类物质生活的"度",倡导现代文明的"低碳生活"。立意之巧,彰显博主之才思。

✉ **旺旺**　2010-12-13 23:34:09

我的父亲前段时间在我这里小住,叹曰:人生不过是勤俭二字。信然!最深刻的道理总是最平淡的。

✉ **新浪网友**　2011-02-21 15:10:51

节俭这一中华民族传统的美德,在物质富足的今天已逐渐被冷落。尽管类似"一粥一饭当思来之不易,半丝半缕恒念物力维艰"的宣传标语随处可见,但像作者那样珍爱"第一双尼龙袜"的故事在这个追求消费的时代已很少见了。然而时代的发展也赋予节俭新的内涵:适度消费,环保低碳。节俭已不再只是大力提倡的可贵品质,还是每个人都应该承担的社会责任。

我的小学老师林明文

桃李不言　下自成蹊

无意间的母校之行，让我想起了林老师。

那是一次随性的漫步，我去了母校——洪塘小学。母校依妙峰山麓而建，昔日依山就势、错落有致的校园而今已是"高楼平地起"。好在建筑变化不大，让人起了故园之思。走到操场的篮球架下，在这特定的位置，不禁想起四十多年前的那个下午，我的老师林明文，也是在这夕阳余晖下，与当年的我——那个懵懂少年一起批改作业。物换星移，别梦依稀，我们在岁月的流逝中长大，我们也在记忆的沙漏里成熟。

20世纪60年代初，是中国农村最艰苦与艰难的日子。"仓廪实而知礼节,衣食足而知荣辱。"食不果腹自然情绪不高,谁也不指望通过孩子读书改变家庭的命运,小学无非是让孩子学几个字、收收性子。当时,我虽然年龄不到,但按个子倒是足够了。所以,我被送进了小学。

缘于此,记忆里的小学反倒成为不谙世事的我们童年的乐园,没有奥数、没有择校、没有竞赛,我们快乐而自由地成长。当然我们也不可能明白,那时的放牧式教育实际上是整个教育体系管理乏力的表现。小学的我很调皮,成绩不好,也不觉得难为情。记得当时每到上午第四节课时肚子就很饿,似乎从来没有吃饱过。但饥饿并不影响顽皮的劲头。每天中午我都很早到校,和同学们玩"出兵"游戏,按出手心手背分成两组,各占一棵树为"本营",双方相互追逐与"扑杀",直至将对方的人"追杀"光,占领"本营"为胜。这样的运动很费体力,主要是男孩子玩,冬天都会出汗,夏秋更是湿透衣服。玩累了，一到上课静下来就想睡觉，下午第一节课基本都在睡觉，加上有时在课堂做小动作、讲话，常常会被老师用特殊的方法教育。

不同的老师会采用不同的方法。有一位数学老师姓李，是学区教学权威，练就一手弹小粉笔的手艺。李老师教学很熟练，上课时经常在两组之间的走道上讲，如有同学不认真听讲，他就会弹出手中的小粉笔，以示警告，往往弹无虚发。有的老师则是让学生站着听，面对着同学听课。有时站在最后排，有时站在两组间的走道上，有时站在讲台前，这样不会打瞌睡，也能听进去一些。我曾是被罚站的学生当中的一员。在当时的老师、同学眼里，也许我们都是"令人头痛的孩子"，虽然我自己没感觉，但老师一定很厌烦这样的学生。

林明文老师教育我们的方法则不同。他是我小学四、五年级的班主任，他的教育理念是仁与厚。家访是他教育的特色方法。我对此总是很矛盾，既盼望他去又怕他

我的小学老师林明文

去。因为每次家访他都会牵着我的手和我一同回家,让我感受到比父母更多的尊重与关爱。他会向父母热情赞扬我的聪明——有灵性,会读书,希望家长配合学校教育,然后才谈到我的缺点,作业不认真、上课做小动作、睡觉等。记得每次家访我妈妈都非常感激,总在林老师面前诚惶诚恐、无比虔诚地表态:孩子交给老师,做错事就任老师打骂,老师怎么教育孩子家长绝无意见。老师走后,我自然少不得母亲一顿训。

林明文老师的另一种方法是留校。那时对学生的劳技课很重视,每个班级都有一小块菜地,下午放学后各班级都要去菜地,各个小组要负责从种到收,收成归学校食堂。孩子们小,不太会种菜,老师们总是和大家一起做,有的会教同学们翻地整畦。菜地要分畦,如种芋头的、种瓜的、种菜苗的,对畦垄形状要求都不一样;

而不同蔬菜对间距、行距的要求也不同；各类的农家肥，比如草木灰、人粪便、猪粪便、池塘土等，施肥时间和用量也不一样。学校菜地少，还要进行间种、套种。这些都是老师手把手地教我们。放学后，林明文老师常常把我留下来，拉着我的手，在校园里到处走走，先看看班级的菜地浇水了没有，菜长势如何，再检查班上卫生做了没有。最后他就叫我把作业拿出来，当面批改讲解。记忆中最深刻的一次，是某天下午放学后，他又把

我留下来，搬来一张凳子，和我一起坐在操场边上，开始批改我的作业并点评。具体内容已经忘了，但有两句话我终生牢记。他说："文章不能下笔千言、离题万里，要开门见山，并要点题；可以开篇点题，也可以篇末点题……文章要言之有物。"我不记得当时有没有听懂，但有一点做到了，那就是文章开篇入题和结尾点题，这在后来的生活中确实让我受益良多。夕阳西下，两个身影，一大一小，紧靠在一起，这画面深深地印在我的脑海里。

就这样，林明文老师用他特有的仁厚引导我们从懵懂的无知状态走进知识殿堂。他的拳拳爱心让我感动也给我留下深刻记忆，让我收获良多并珍藏至今。有一次，学校组织去"九孔水闸"（一种水利设施）春游。春游要坐船，还得步行近8千米。春游前一天学校通知，去的学生要交5角钱作为渡船和午餐的费用。我和母亲说了，可能母亲觉得没什么好看的，不在意我去不去，就没给钱。当天晚上我一直没睡觉,第二天清晨同学们来叫我,我还是忍不住往渡船码头跑去。到了码头大家都已登船,只有林明文老师还在岸上等待迟到的同学。看我匆匆跑来,他直喊"慢些、慢些",并先上船在"跳板"的那一头拉我上船。我跟着大家很高兴地一路走一路歌,向"九孔水闸"奔去。到了中午,大家拿出吃的,有的是自家带的,有的是班级统一买的。而我什么都没

有，加上没吃早饭就跑出来，走了几千米，实在很饿。于是躲到一边，不想让大家看到我的孤独与尴尬。这时林明文老师悄悄走到我身边，掏出用手帕包着的煎地瓜片，一边递给我，一边很随意地往自己嘴里送。那一刻我的泪水涌了上来，真想放声大哭，为老师这无言的关怀，为他看似无意的动作而对一个少年自尊的周到呵护。这个瞬间烙在我脑海里，留下了深刻的记忆。

1966年我读小学五年级时离开学校。1968年复课，我读初中。因为是"戴帽中学"，中小学在一起，所以时常还能看到林明文老师，而李老师已经调回城里了。中学毕业后，听说林明文老师因文学修养深厚、教学方法好、师德高尚被调往洪塘中学（今福州第二十九中学）教语文，入伍后我就再也没有见到他。部队转业后，有一次我在路上遇到林老师的孩子林钢，他是我小学的同班同学。他告诉我老师已经仙逝，我不禁涌起一阵惆怅和失落，都不知道是怎样向林钢同学告别离开的。

在物质匮乏的年代，这种师生情谊令人追忆，令人感动。老师之所以是人类最高尚的职业，不仅仅是授业解惑，更重要的是他们用行动感化着下一代。我们的民族因为有这样的老师，薪火相传。今天，我们更渴望这样的师生情感，呼唤这样的师生关系。

网友留言

✉ **江南客** 2010-11-30 18:56:52
师恩难忘！老师不只是教书，更重要的是育人。

✉ **sceny** 2010-12-01 18:17:43
自从教育、医疗这两个公共服务领域产业化改革后，再难寻求博主记忆中那种纯粹的师生关系了。
遇到如此明师，博主有幸；深情回忆，博主有心。

✉ **fbai** 2010-12-17 11:18:45
同是洪塘中学的校友，拜读了博主的《我的小学老师林明文》一文，真的感同身受。在那个令人心酸的年代，恩师的点滴关爱都会让人感激涕零的。

✉ **新浪网友**　2010-12-18 00:33:57

文中作者是在讲自己的故事，其实是寓意现代的教育。就如江南客所言，老师不只是教书，更重要的是育人。目前的教育舍本逐末，其实教育更要以人为本。

✉ **新浪网友**　2011-02-21 15:13:17

老师是人类灵魂的工程师，老师的启蒙和影响可能伴随人生成长的整个过程。

以感恩之心、清淡之笔写了林明文老师二三事，追忆老师仁与厚的教育理念、敬业爱生的崇高师德，老师的形象真实、亲切、感人。没有"春蚕到死丝方尽，蜡炬成灰泪始干"的传统讴歌，但于平淡之中见深情。

龙舟竞渡

　　周日在家午休，被一阵锣鼓声惊醒，走到阳台张望，树丛中隐约可见晋安河上两条龙舟倏然而过。端午节临近，社区居民加紧训练划龙舟，准备比赛。我顿时睡意全消，信步走到河边，目随飞舟，心含快意，仿佛重回少年。

　　20世纪60年代，我家附近还有两处"轮船房"。早先据说存放着村里的4条龙舟：红蛇、白蛇、黄蛇、青蛇。传说"红蛇"在一次比赛中因速度太快，冲入金山寺底部岩石，羽化成仙了。故自我记事所见就只有3条。金山寺在我们眼中几乎就是"神秘"的化身，老人们说

龙舟竞渡

无论闽江洪水多大,寺庙都不会被淹,因为金山寺底下有只"螃蟹精",每遇洪峰就将大脚插入托起金山寺,使之安然无恙。这些都是传说,实际上,我小时候每遇发洪水,金山寺里的和尚都要逃离。洪水将各类漂浮物,特别将一些在上游岸边准备放下的木排冲下来,破坏性很大,寺庙每年都有损毁。倒是这十几年,上游不断修建水电站,闽江逐渐湖库化,上游水量减少,故下游几乎没有洪灾。且木材运输为水库所阻,难以顺流直下,金山寺才安然无恙。

端午节划龙舟,是我们沿袭千年的文化传统了。在老家,至少节前一个多月,就进入准备状态。

最早开工的是修复龙舟。过完端午比完赛,龙舟会被存放到"轮船房"里,第二年下水前先要进行维修。跟着抬船的去趸房,小心翼翼地把龙舟移出来,我们仿佛参加一个很神秘的仪式,连平时唧唧喳喳的顽皮孩子也会变得拘谨。维修的活多是夜以继日。当时还没电,晚上就点汽灯（一种煤油打气的灯，很亮）。各种叫不出名字的飞虫围着灯乱飞，我和小伙伴则围着船乱叫，对船体的修补打磨和描画的各种精彩图案进行点评。特别好奇的是，画完晾干后，还要用纯肥的"猪油板"给船体上油，晾干后方可下水。修船的同时，有两件事也一同开展。一是联系比赛的队伍，张贴海报，发邀请书；二是确定选手，组成队伍。

船下水后，接下来就是队伍训练了。划龙舟主要靠爆发力和协调性，须有体力基础。我们一群"半大毛头"，年纪小、体力弱，自然得不到青睐，可为了过瘾，我们时时寻找机会。每当选手训练收工，扎舟江中，我们就立即下水，游向龙舟，试图爬上去体验一番。有一次我们迫不及待地从同一侧准备爬上船，结果龙舟倾覆，都被压在船底下。好在我们水性都不错，很快从船底下游出来，开心大笑，又索性爬上船底，想把龙舟摆正，但

难度很大。我们只得将龙舟拖到浅水处，站在沙上，齐心协力，将舟翻正。舟里积满了水，马上有人回家拿水瓢（一种用毛竹做的平时放在水缸里舀水的工具）。人多，不一会儿就将水舀干净了。此时再登龙舟，天色已晚，也就玩兴索然了。这也算是少年时的龙舟试渡吧。

每次比赛村里都充分准备，要杀猪、喝酒，热闹得很。比赛当天大家都放下手中的活，孩子们更是疯狂。一般在初四预赛，初五决赛，四乡八里的几十条龙舟都聚集闽江，展开角逐。两岸人山人海，为各自的龙舟队呐喊。比赛过程紧张。每条龙舟上都有一位德高望重且比赛经验丰富的人坐船头，而船尾掌舵的要具备掌握方向和掌控速度的技巧。船头、船中的鼓手和舵手之间要灵活配合，根据情况把握速度、节奏和冲刺时机。赛程有1千米左右，我们就在岸边的沙滩上跟着疯跑、呐喊，为自己喜欢的队伍加油。比赛后半程，有的舵手为减少阻力，会将舵抬离水面，这就犯规了，所以舵手为展示技巧，就使舵贴着水面，这叫"偷吃舵"，这也是舵手的技艺之一。冲刺后，获胜的队高高举起桨，高声欢呼，孩子们也都跟在后面欢呼，场面蔚为壮观。

　　我渐渐长大，16岁已长成1.8米的个头，于是就琢磨着参加选手选拔。春天起就开始锻炼，跑步、做俯卧撑。到了4月，我早早就打听赛事，天天去观察动静。随着对龙舟进行修复，开始选拔选手。我时不时到"山西头"去，那里停放着两条龙舟。主事的和参与的人主要在那里讨论赛事。有一日看到他们在龙舟边议事，我挤进去鼓足勇气要求参加选手选拔。他们一愣，之后大笑："你也行？""以为个子高就可以？"一位叫三第伯的老者摸摸我的头说："孩子，这不是一般的体力活，要懂划船技巧，要有水性，还要有比赛经验，有船上生活的基础最好，要慢慢练才行的。"说得我很丧气。本以为身体好、有体力就可以参加。实际上我当时体重只有130多斤，比较瘦，肌肉也不发达，只有乡下孩子的

耐力和毅力。我同学说："你还是打篮球去吧。"这一年我没取得资格，也从此打消了当龙舟手的念头。

龙舟比赛，每年都成为街头巷尾的谈资。我的家乡有几百户渔民，分为两部分：一部分已经上岸定居，不完全从事渔业。另一部分仍住在船上，以捕鱼等为生，因长期住在船上，光脚撑船，脚趾间距都比较大，这部分人是龙舟赛的发起人和主力。选手的选择确有讲究。

不仅要有好的体力,还要有好的方法以及与舵手、锣鼓手之间的默契配合,所以选手选定后要训练一段时间,淘汰、替补、确定人选,很是讲究。有时他们也会争得面红耳赤,大家都把当选手作为荣誉。

多年没看家乡的龙舟赛了,今年端午节我特意回了一趟老家。那4条龙舟还在,但似乎小了很多,没有了记忆中的壮观,也许是后来重新模制。龙舟赛已然不再,只几个年轻人划着玩。江面窄、江水浅,一草一木透着寂静。不知现在的他们,能否体验我这源于自然及习俗下的幸福回忆。

网友留言

✉ sceny 2011-02-13 22:52:32

博主文字别具风格,清新而自然隽永,与乡野童事相映而趣,似饮乌龙,入口清淡而回味无穷,足见行事为人之豁达。

✉ **新浪网友**　2011-02-14 09:48:29

　　文章有几个特点：第一，描写生动。博主通过自己细致的观察向读者展示了一幅生动的端午民俗龙舟竞渡图，有声有色，读来意趣盎然。第二，情真意切。通篇洋溢着真情实感，向读者展示了博主丰富的内心世界和人生体验，给人许多启发。第三，澄清了关于金山寺的传说。过去我也听信传言，深信金山寺有神奇的魔力，会随着江水的升降而浮沉。读了博主的文章，才知道过去每遇发洪水，金山寺的和尚都要逃离，现在因为上游修了许多水电站，才好了很多。这也算是对金山寺认识史的一次修正。

老　　屋

特别怀念老屋。那是儿时最浓的情结,浓得半辈子化不开。

回顾童年,那舞台无论大小,老屋永远是中心。多少村野童趣的细节场景,都绕着老屋而展开。

老屋是外婆的家。

外公的祖上算得上乡间的富户,盖了这三进二十多间的大房子。我时常想象那位置业的叶姓外祖父,他含着烟袋,捻着花白的胡须,看着近十房的儿辈或务农或经商,看着几十个孙辈满屋子欢蹦乱跳。儿孙绕膝,人丁兴旺,是多么满足他中国传统家庭乐彼融融的心愿啊!

到我这一辈,老屋已经式微。新中国成立前,分家后的叶家各房大多离开老屋,有的移居海外;有的进城投资,买了位于"三坊七巷"中宫巷的房子;有的去做学问,成为桥梁专家、"茅以升奖"的获得者。

老屋或租或卖,住进了他姓人家。外婆住在老屋,直到终老。

老屋为全木结构,由前厅、后小厅、天井、大厅及后厅构成,前排的房子有4个开间,后排的有6个开间,又因与左右相邻门户相通,成了真正的连片屋。屋前开阔,小时候没有堤坝,百米外的闽江一览无余。一片百年龙眼树,有几棵要双人合抱。

母亲出嫁时,外婆没有悲伤,因为父亲家就在巷子对面。我从小生长在老屋,那里除了有外婆的疼爱,还有二十多个和我一般大小的"皮猴子"。春天我们在老屋天井的小雨中嬉戏,夏天去闽江学狗刨、摸蚬子,秋天去后山偷果子、捣蜂窝,冬天光着脚丫上学、放学……

村野童趣，桩桩件件都被老屋收藏。

老屋人多，住房紧张，各家饭桌就摆放在前厅、大厅或后厅，大小饭桌有近十张。饭菜自做，都在厅堂上吃，一到吃饭时间就热闹非凡，有时你尝我家一口菜，我喝你家一勺汤，天天宛如"自助餐会"。这种活泼自由的聚餐方式，影响了从老屋走出去的年轻人，它成为年轻人每年必举行的活动。

遇到"半蛋"或婚丧庆典，老屋里砧板上剁肉声此起彼伏。孩子们感到新鲜好奇，在没有约束的氛围中个个成了"人来疯"。平素见人夹着尾巴的狗，此刻也围上来乱窜。农村有曰"砧板狗"，即砧板剁肉声一响，这些狗就都来了。至于鸡呀、猫呀，也比往常兴奋。

白天，家家门房四开；晚上，关门熄灯睡觉，厨房依然敞开。我家的厨房甚至没有门。老屋里的人们心地善良，乐于施予。有几位长辈擅长烹调，还有几位在供销社工作，偶尔可买到些紧俏食品，大家也因此常常凑

老屋

份子聚餐，自然这又成了老屋和而乐的生活场景。

外婆仿佛是每位孩子的亲奶奶。有些父母下班晚，孩子学做饭，可很多连柴火都不会点。此时外婆悠长的招呼声不时响起，她颠着脚，从这个锅台走到那个锅台。老屋的租户大多没有厨房，他们一般从食堂炖好饭带回来，再炒些菜。记得有四五家与外婆共用厨房。外婆帮孩子们做饭成了常事。

有时候，她的仁慈不经意间引导着我们的价值观。有个比我稍年小的孩子，出生不久就检查出得了智障。大家窃窃议论，说是可能前世作孽遭了报应。外婆却神色凝重地提醒我们不能歧视他。她说：这孩子承担了家庭的歹运与不幸，家人要对他好；做邻居的更要帮助他，因为我们自己也不知道哪一代会出现这样的事情。她的爱心植入所有孩子心中，不论族内、族外。几十年来，智障孩子的家人和邻里始终如一呵护着他，有时调皮孩子欺负他，会立即受到大人的指责。乡村文化，承载着

民族的优秀美德,孕育着许许多多的"外婆"。

与老屋共生的另一道风景,是燕子。

小时候家里燕子很多,最多的时候天井周围和大厅的梁上有四五个巢。来时它们两两相伴,共筑爱巢,每天用嘴巴一点一点啄来草泥团,一层层筑成半碗形紧贴在房梁边或门楣上方。现在老屋还能看到燕巢的痕迹。外婆说燕子喜欢择善良、风水好的人家住,燕子吃害虫,要我们保护它们。每窝燕子都会繁殖后代，有时雏燕试飞掉落到地上，我们就会捡起来捧着送回燕巢。夏天的傍晚，夕阳西下，炊烟袅袅，我们目随这些黑色的精灵在天井里飞进飞出。后门的池塘上空、堤坝的树上，它们或贴地争飞或栖息，尤其是那池塘上空的三根电线上，栖满这些黑绅士，像是等待音乐家的指挥，时时准备起舞。

走出老屋的我们，就像雨燕，恋着老屋、恋着巢、恋着我们的精神家园。可现在，因为发展，因为建设，这座经历百多年的"特记厝"，不久之后就要消失了。它带给我们如此多的幸福，而今这记忆的载体即将消失，我们多么无奈多么惋惜！

我们要去老屋，与它做最后的告别。

今天，老屋又热闹起来了，儿时的伙伴纷纷从各地赶回，老屋的孩子、附近儿时的玩伴都来了；远在他乡的前一天就赶来，近处的则刚放下行囊。自外婆去世后，老屋已无原住户，再也没有这样热闹了。

早在几天前，大家就相约聚会，并一致提议，依袭当年凑份子"聚餐"。锅边糊、海蛎饼、鱼丸、春卷、油条，闽江的沙康鱼、黄尾仔、蚬子、白刀鱼、河虾，在熟悉的美味中，我们寻找过去的美好时光。

天井里垒起灶，架起锅，取下门板架在板凳上当做案板，砧板就放在台阶上。大厅里，三张大圆桌依次排开，切剁、烹调由男性按各自特长进行；厨具和果蔬的清洗、碗筷的刷洗还是由女性负责。人是过去的人，房子是过去的房子，事还是过去的事，大家依旧熟稔而默契。

因为"打鱼丸"，大家自然又想起儿时的趣事。有一次相约"打鱼丸"，即将鱼肉剁成泥，配上一定比例的面粉，加水不断搅拌。作为鱼丸肉馅的包皮，鱼肉和面粉的比例非常关键。一位老伯自告奋勇，主动担当，剔鱼骨、剁鱼肉、加水和面粉，不断搅拌。孩子们围在他身边唧唧喳喳，他不时叫"来水""来粉"。孩子们卖力递送，水和面粉不断增加，结果鱼肉与水、面粉比例失调，不得不再去买鱼。后来大家每遇做事缺少分寸、没有尺度，就用"来水""来粉"做调侃。今天，当年这位参与者重叙往事，让我们瞬间回到从前。也许这聚会的情景，是驱使我们重回老屋的理由吧。

天下着小雨，我搬来八仙桌放在前厅屏风后，面对天井，茶几、茶具一应俱全。母亲负责烧开水，我这边"随手泡"用来加热,铁观音和武夷岩茶的肉桂、水仙同时泡开。喝茶、聊天,大家回忆点点往事,会心处相视而笑,言语是平淡的,心是暖和的。

年长的感叹现在物质丰富了,可随时品尝到童年时盼望许久方能一享的美食,可总觉得缺少什么。缺少什么呢?是大人的斥责?是绕膝欢闹的孩子?还是如期而至的狗和猫?

海蛎饼、油条、锅边糊起锅了。那位智障的孩子也来了,四十多岁,身体很好。我们将刚起锅的海蛎饼晾好,与他分享。

一位老知青回忆,1969年他17岁下乡插队,老屋里所有的邻居都送来太平面,其他的近邻也都来了,希望他平安吉祥。大家将他送到巷口依依道别,这场景他记忆终生。此刻他的妹妹插话,她是小时候经常帮我做篦梳活的小姑娘。因为贪玩,我常常到傍晚还完不成妈妈交代的活,于是她时常来帮我。那时老屋所有的孩子随时可被大人唤来做事,长辈们认为"做别人的事,学自己的功夫",孩子精力旺盛,睡一觉力气就回来了,力气儿就像井水,越抽越多,懒惰的孩子没出息。老屋用这样点滴生活琐事,为我们刻上了永不磨灭的精神印痕。

谈到时令,"燕来三月半","燕去七月半",已是燕子纷飞的季节,却看不到一只。我曾问过母亲。她说,来了让它们吃什么？是的，那时是"水过三清"，如今只存于回忆之中了。

香茶、美食、往事，聚餐在淡淡的回味中度过。同伴们拎着打包的"老屋食品"，回家给儿孙们品尝。归途中我一直在想，这些两鬓染霜的人，放下其他事务相聚老屋，究竟为什么？老屋承载着我们儿时的幸福时光？老屋唤起了我们尘封的记忆？是的。在这里，那扇美好的回忆之门开启了，我们为过去的快乐而来，更为未来的幸福而来。我们来寻找幸福，寻找感受幸福的心灵。只要心灵依旧饱满，我们的幸福就永不枯竭。幸福固然是美好的回忆，幸福更是前方的一枝一叶。

怀念老屋！

网友留言

✉ **sceny** 2011-05-16 15:58:19

博主传神的笔触描绘了现在城市已经难得看到的家族盛宴图,还有那浓得化不开的亲情,特别是对外婆言行的回忆,非常生动形象地传达了老一辈的道德品行的熏陶对下一代的影响,也可以看出老屋在博主心中的地位。老屋已经不止是童年居住游乐的所在,而且是塑造品性的精神家园。老屋承载的,也不止是嬉戏唱游的回忆,而且是教化传承的历史传统。从老屋中走出的人,无论多远,精神上都眷恋着那一方故土乐园。

我们每个人心中都有这么一块柔软的地方,留给童年和失去的故土乐园。

✉ **军女途中** 2011-05-19 10:44:27

读此文想到《项脊轩志》,两者都以老宅为主线,取材生活琐事,抒发对亲人的思念,行文都淡如水,但读之却意味深长。本文中"老屋是外婆的家","外婆住在老屋直到终老",与《项脊轩志》中最后一段"庭有枇杷树,吾妻死之年所手植也,今已亭亭如盖矣",在托物思人上异曲同工,无声胜有声地表达了对逝去亲人的思念。所不同的是,归有光通过项脊轩的兴废,在可喜亦可悲中感慨物是人非、世事变迁,而本文作者是在老屋即将被拆除时,抚今追昔,与老屋做最后告别,为过去的快乐,更为未来的幸福。告别的场景写得热闹而凝重,当年"凑份子聚餐"的情景浮现眼前,在美味中回忆点点往事。"年长的感叹现在物质丰富，可随时品尝到童年时盼望许久方能一享的美食，可总觉得缺少什么。缺少什么呢？是大人的斥责？是绕膝欢闹的孩子？还是如期而至的狗和猫？"诙谐中蕴涵着令人深思却又似乎无法用言语表达的哲理。虽然老屋消失是时代发展的必然，但老屋经历漫长岁月，见证历史，凝聚亲情，积淀深厚内涵，已成为镌刻于每一个游子心中的精神家园。文章结尾"怀念老屋"，无奈惋惜中更显沉郁深情。

小巷深深
——关于童年的如歌散板

小巷深深

导语："童年"是首无字的歌谣，适合低吟和哼唱……一个童年快乐的人，一定善良。

"福州西门外向西有一条逶迤的石板路，住着福威镖局林平之家。"金庸的武侠小说《笑傲江湖》开篇写的这条石板路，就从我家门前蜿蜒而过。

自福州出西门，往西，经凤凰池、祭酒岭、洪山桥、洪塘、下安、科贡，到闽江分叉口的淮安村，这条石板路延绵20余千米。我家就在洪塘状元街的一段小巷——状元街上境、沟漧街五块石，由此向西约1千米，小巷即沿江而上，往科贡村、淮安村。在小路的南侧，金山寺已屹立闽江之中千年，成为福建独特的一景。

洪塘是座有着千年历史的古镇，唐代的侯官县、宋代的怀安县，其县治都在洪塘附近。洪塘还是块文化宝地，历史上人文兴盛，最出名的是明朝状元翁正春、兵部尚书兼抗倭名将张经、"闽剧创立人"曹学佺等。

清末以降，状元街一带是福州富商聚集地之一，规模较大的商行，有南北京果店"泰丰行"、酒库"元春"、酱鱼奇厂"同隆"、米行"瑞丰"、糕饼店"旺记"、燕皮店"永乐"、金银店"新华楼"、中药店"万安堂"、典当店"新隆"等，另有布店、书店、苏广百货店、饭店、点心店、扁肉摊、鱼摊、厨具店等商铺。

历史常被时光偷换,而时代又善于变幻色彩。及我懵懂初成,状元街已成了新工农兵的时代。此外,打春卷皮、打"燕皮"、邮局、弹棉花、修车行、修鞋以及小小的私家诊所,早点摊子、夜宵担子,普通人的生计鲜明而凸显,尊文崇商已退出了历史舞台。

儿时的记忆,播撒在小巷,积淀于光阴,一年四季上演的种种生动,皆是隽永的农耕生活画卷。

春天的小巷

春天的小巷,是喧嚣的小巷,一个"闹"字便了得。

月光带着寒意,洒在早春的小巷,果树努力地生长,青竹拔节依稀有声,野草暗暗较劲,看似敷衍一季的野花,也顽强地撑出石缝,展露姿容;月光在后山的果林和池塘边闪现,远处一声声布谷鸟鸣,春夜的宁静就这样被打破。

春意萌动了,百鸟觉醒了。这些生灵翻飞扑腾,在

小巷深深——关于童年的如歌散板

江边觅食、在田头跳跃、在枝头啾鸣,屋檐、草垛、树杈。到处藏着鸟窝,人们在鸟鸣中醒来了,开始一天的忙碌。孩子们提着书本穿行在树下,常得防备着鸟粪袭击。可也因了鸟粪,小巷百花盛开,成了花海之巷。四处觅食、迁徙的鸟儿,粪便里带着各类瓜果树木草花的种子,这些"破壁"的种子,随着粪便落地,遇到适合的水、阳光和土壤,就破土而出。小巷的石板路、家家户户台阶以及树下,长满了各种野花,墙缝中还会罕现红豆杉的树苗。红豆杉因种子壳坚硬,无法"破壁"不能人工种植,但经鸟胃加工而破壁,就可自然生长。现在红豆杉的人工培育技术已很成熟,福建明溪县是"红豆杉之乡",人工已种植十几万亩,其提炼出的紫杉醇还是很好的抗癌药品。

小巷各类植物竞相生长,鸟儿的功劳最大。

小巷还有一个特殊功能:医治术。巷边丛生的野草中有不少中草药"单方"、"偏方",小时候我打球时常脚踝关节扭伤,外婆会到屋后摘一片"梧焦"的大叶,切成若干小段,在热锅中焐软,趁热贴在创口上,消肿止痛,疗效很好。孩子们踢伤、擦伤、摔伤、长疥子、发脓是常事,外婆就到屋前一棵叫"溪陌"的木本小树上摘几片叶子,长疥子的就捣烂,和些稀饭汤,敷在伤口上;割伤或擦破皮了,就用牙咬出齿印或用竹管刺个小洞,让叶子的汁渗入伤口,疗效也很好,一两天就愈合结痂,可算是当年的"创可贴"吧。

春,使生命涌动,而我们,也在乡情乡俗的血管里一天天褪去青涩,懵懂地成长……

春节,每家每户要清扫庭院,洗刷门脸,贴春联挂红灯。巷子的红灯不只挂到正月十五,要过了正月二十一才收。正月二十一是普渡节,每年的这天,在外工作的人不仅要带着家小悉数而归,还要盛邀亲朋好友前来观看一年一度的游神及祭拜。

小巷出过的状元、进士或武官等,数百年后被人们奉为神灵，记得文革前，真人庙和大王庙里都还保存其雕塑，文革期间被毁。这两座庙在1949年以前已作学堂，后来完全被当小学使用，几经修建，现在已是一所很现代的小学。庙毁后，直到80年代后期，村里又集资建了座小小的真人庙，重塑了神像，恢复了每年正月二十一的普渡游神祭拜活动。

游神从正月十五后就开始准备了，祭祀那天，高跷、狮舞、龙舞，依次而出，威严其行。穿梭其间的，多是闽剧打扮的演者（村里有闽剧爱好者，还有剧社），再循次是黑白无常、神像，拉拉洒洒，队伍长近千米。本地的神像游到哪家，主人就摆出香案，放上祭品，点燃香烛，虔诚祷告，于是队伍就地停下，表演、放鞭炮，为主家祈福。游神起于金山寺，终于瓦程塔，近三千米的行程，祭祀仪式要历时三小时多。孩子们追随观看，堪比欢郎。窄窄的小巷，两边伸出的木屋屋檐制造了许多"一线天"景观，阴雨的正月，鞭炮焰火冲天，整个小巷都充斥着浓浓烟雾,火药味刺鼻,故每次游神,必有119火警现场保驾,以防不测。

这天之后,春节才算过完。然而孩子们的乐事还没完,游神过后会漏下许多未点燃的大小鞭炮,第二天,孩子们会沿路去捡,然后集中燃放。倒出火药,或集中一堆,置于平坦石上,或撒成条状,外加一根引线,点燃后像一道火焰;或将几根大鞭炮绑在一起,用吸水烟的草纸延长引信,点燃后,双手捂耳,仓皇跑开。

每次的欢聚,小巷家家户户必有一道菜:春卷。春卷各地都有,但小巷的春卷独具特色。巷口叶家是祖传摊春卷皮的高手,到了这一辈名叫"细细知"春卷皮,皮薄、均匀,有韧性和嚼劲,堪称一绝。春卷馅一般不用豆芽而用包菜,但配料是各家不一。我家以主包菜加冬笋、豆干、韭菜、虾皮、肉丝等。包菜洗净,焯水至半熟,挤干,和上配料、佐料,好不好吃关键看主妇的手艺和经验,这也是诱惑邻居间互相品尝、评价的理由。

春寒料峭，最闲不住的是孩子，光着脚板在石板路上飞跑，欢乐从来不因寒冷而停止。女孩子们两两分拨跳方格、踢毽子、抛沙袋、跳绳、跳橡皮筋；男孩们运动量则大得多，滚铁圈、踢皮球、摔纸片、打柿子核、踢铁罐（捡一个罐头盒，放在开阔地，大家手心手背，选出守罐人，令其闭眼、转圈，伙伴们四下躲藏，由守罐人寻找，被找到的则去替换守罐人，再寻找他人，依次循环，这个游戏比的是机警和速度）。活动一小会儿就满头满身的热汗，此时常常甩掉外衣，光脚踩在石板上，很是舒适。

夏天的小巷

树在屋旁,屋在树下。经年流影,两旁的木屋泛出氤氲的金黄,伴着蜿蜒无尽的石板路。石板路下流淌的细水汩汩不息。

夏夜,月光轻泻,木屋拥着树影,似披着一层银色薄纱。燕子、斑鸠、麻雀、喜鹊,归巢了,平静了;鸡鸭猪狗牛羊入圈了,也无声了。小巷忽然陷入了月光的海洋,一切回归安详宁静,劳作了一天的人们,此时停歇下来,享受这惬意时光。

庭院早早洒上水,降了温,小圆桌支起来了,几个小菜安静地趴在桌上,闽江的蚬子,菜园里随手摘下的空心菜,土鸡蛋丝瓜汤。男人们端起自酿的"青红酒"、"地瓜烧",月光下浅饮,开始谈天说地。这样的饭桌夜话,主题随意,心情随意,无谓得失,该说的话儿,再拙的嘴也说得令人心动;不该说的,再巧的舌也恓惶打结。

谈戏文、谈小巷春秋、谈家长里短，照样能烹饪一桌熨帖的话题。乡村的道德与戒律慢慢浮现上来，对小偷小摸痛恨，对小奸小诈揶揄，他们执守"小隙可以败大节、小恶也会污大善"的理念，这固然是对不良行为的鄙视，但更多是对自身生存环境和所持价值的珍惜与维护。和睦、友善与相互关照，是根植于农耕民深处的核心价值，就这样，在一啖一食之间，相互传承、相互制约。月白，风轻。此刻，惬意的时光属于这群乡村汉子。

孩子们枕着一天的兴奋与疲惫进入梦乡，在些些呓语中盼着明天。

清晨，炊烟与雾霭在屋檐和树丛中缭绕，小伙伴们揉着惺忪的睡眼，一个个从家里溜出来，急不可耐地合计一天的活动。午饭后，知了唱得更欢，燥热难耐的我们，或许正骑在心仪的果树上大快朵颐。傍晚，斜阳笼罩，一个个泥猴、皮猴，走出沙滩，自闽江"泳而归"……

长安一片月，万户捣衣声。小巷的女人喜欢晨起浣衣，做完早饭，家庭主妇们不约而同，或提或挑，带着家人隔夜换下的衣物，去闽江边洗涤。台阶旁，一排溜的洗衣妇，沐浴着霞光，七嘴八舌，叽叽喳喳；江水温润，鱼儿绕膝，好不畅快。清清江水荡涤汗渍，即便孩子们旧旧的汗衫，也透出阵阵清香。

夏季的小巷是芳香的小巷。茉莉花、玉兰花、夜来香还有瓜果的香味儿随风飘散。最有特色的，是闽侯上街公社一带广种的茉莉和玉兰，夏季收获的季节，花农们凌晨下地摘花，正午前整理收拾完，一定要赶在下午送到福州工业路的香料厂去卖。制作香料、香精和茉莉花茶的花，须当天采摘并保持完整。时令的花很娇贵，花农们用竹编的篓或麻织的袋子盛装，架在自行车上，过江而来，一拨拨成群结队地从门前的小巷穿过。石板路凹凸不平，自行车颠颠簸簸，花香随处飘溢。夏日的午后，我们就这样沉醉于花之香氛。

除了闽侯的茉莉花，家乡的白玉兰也是福州一绝。

玉兰花树一般都很大，常要双人合围。小时候去姑姑家，她家门前就有数棵高大的玉兰树，采花时要将竹梯搬上树杈，用绳子绑固，采花人爬上竹梯，再用小竹钩去钩采。孩子们在树下捡拾，但因摔落地下，花品差了些，故价格也低。

如今，面对工业化的颠覆，我能捡拾的，只是在应季时节，从出租车上系挂的几朵玉兰或茉莉回味当年的情景；偶尔自己开车，也会在等待红灯时，买上两串路边花童之售物，闻闻嗅嗅，聊慰童年之想。

除了花香，还有鱼香。我家隔壁是供销社的酱鲔厂，做虾油、酱油和一些咸菜。虾油是福州特产，也称鱼露，用小鱼、小虾泡制而成。夏季泡制虾油的大缸的盖子一定要打开，令食物曝晒，通过光与热的作用增其鲜味。小巷常年都或浓或淡地飘着豆香和鱼虾香。对岸闽侯的百姓，每每去福州，扁挑两头都带着数副竹筒，用来盛装酱油和虾油。这种竹筒长近一米，是将多年生的老竹中间打通，上头留洞。因为要替邻里相帮代买，所以每个过江进城的人几乎都要挑好几副竹筒。他们先将竹筒寄存在供销社，做好记号，回去时挑上几十斤酱油和虾油带回去。小巷每天都能见到这些肩挑调料、脚步匆忙的人们，他们挑回去的，是一家的滋润和邻里的满足。

秋天的小巷

秋天，小巷充满色彩。

秋月有些朦胧，洒落在铺满落叶的小巷，微风吹起，落叶翩翩起舞，凌波微步。月光在屋檐、树影中闪动，凤尾竹沙沙作响。月光送来阵阵成熟的稻香、果香，香味伴随着月光，月光掺和着香味，在小巷上空弥漫、升腾……人声寂静，夜色凝练不动，仰望星空，繁星点点，仿佛可以感到万里上空的深邃与神秘。

清晨，带着霞光或雨露的枝头，已是果实累累，人们忙着收获。秋天的色调最是斑斓，果实们也各呈其彩：葡萄、桃子、香蕉、龙眼、橄榄、芒果、番石榴，由青而黄、而红，随季节不断变化。黄皮果一串串挂在树上；香蕉像灯笼压得蕉树弯了腰；福橘是闽江沿岸的特色；柿子须得摘下来捂熟，有时偷偷将它埋在米缸里，时间一长忘了，淘米时常常不小心被抓烂……

"戏园"东边的阮阮婆，家门口种了几棵桃树，品种很好,每到这个季节,我们就开始惦记,甚至比主人更了解每只桃子成熟的时间。朝东的和树顶的果实一般最先熟也最好吃,因光照时间长,长得快。阮阮婆种着刺篱笆将桃树围起,还时时拿根"竹撑"出来驱赶家禽,顺便照看桃子。记得有次偷桃,我们趴伏在刺篱笆内侧的地上,待她巡视一番"回营"后,便分成两拨,一拨放哨,一拨行动。桃树不高,上下很方便,我们把摘得的桃从领口放进背心里,腾出两手好动作,特别要注意的是她家的狗,乡村人家门户敞开,狗也四处游荡,她家的狗便与我们也混得很熟。秋阳下,狗多数躺在树下乘凉,因为没有汗腺,时常张嘴吐舌并将身体卧在泥土上散热。那次摘得正起劲,忽然听到信号,我们立即滑下树,迅速卧躺在篱笆边,紧张不安。偏生这时她家的狗也跟着主人出来,发现了我们,立即很亲热地跑到我们身边,嗅来嗅去。真是"恐"极生智,蛋蛋弟立马主动地轻轻抚摸它的头和背,这乖乖狗居然和我们一起卧倒在地，腹胸起伏，享受泥土的芳香和凉爽。阮阮婆未发现"敌情"，回屋去了。又惊又怕的坏孩子们，长舒了一口气，带着偷摘的鲜桃，一溜烟跑到江边，跳入江中清洗战利品，桃毛刺得皮肤痒痒，直抓得身上一道道红痕。从生吃到熟，很多令人赧颜的偷险之乐，就这样尴尬地丰富着那个贫瘠的年代，丰富着我们的成长。

秋夜，风干物燥，小巷传出打更声"关好门户、放好柴火、小心火烛、防火防盗"；夜深后，打更声变成了"平安无事"。这样的提醒从秋天开始，一直到来年的春天。

另一种声音也在此时的小巷出现：夜至深，调羹敲打碗的声音由远而近，这是小巷的叫卖声。一副简单的挑子，一头是热锅，锅里架着方格，一边煮面，一边捞汤圆，底下放着木柴或煤球；另一头是各类熟食，猪下水、鸡鸭肠和卤肉，主食是兴化粉和面条，放入热锅捞一捞，搁点儿佐料，就是十分可口的宵夜。他们在深夜的小巷游荡，这该是中国传统的快餐吧，但这快餐与我们无缘，每碗两三毛钱在当时属高消费。若是实在饿，我们就将地瓜切成小块煮熟，放些芹菜和蒜，搁些盐，一样充饥，也十分可口。

燕子飞走了，大雁排成"一"字和"人"字，也要飞回他们的老家去。站在小巷，望着天空，看雁群在领头雁的带领下轻松地飞翔，领头雁带走了雏雁，也带走了我们的秋天，冬天就要来了。

冬天的小巷

落叶已归藏于深秋，冬天的小巷，月光带着清冷，格外皎洁，透过稀疏、婆娑的几片树叶映入小巷。家家屋檐的影状清晰可描。西风吹拂，树叶淡淡的沙沙声，伴随着闽侯油厂马拉胶皮车的马蹄敲打石板路的清脆声，时常进入清晨的梦乡，似漫不经心的晨曲。

胶皮车拉走了油、豆板，拉来豆子、花生。闽侯油厂是块插花地，供应闽侯的食油，它是这一带最好的企业之一，自己发电，有电灯，还可洗热水澡。油厂的一个重要功能，是给周边的妇女提供洗头的"香波"。豆子炸过后，豆板被拉走作饲料或肥料，但它还有个用途就是作洗头液。将豆板切出一小块，用热水浸泡后就成了香波，用它洗头，头发蓬松，有光泽、气味好，经济、环保，很受妇女们青睐。

白天，孩子们取暖主要靠户外玩动。到了晚上，大人、孩子个个手提"火笼"。这种竹编的取暖器，里面放了一个碗状的瓷器，盛入灶膛中未燃尽的木炭，覆上膛灰，睡前先放入被窝中取暖，入睡时再取出，是因担心睡着了被踢翻，烧了被子烧伤人。最好的"火笼"是全铜制的，长期使用后被磨得光亮，如果是古玩件，那就堪称包浆了。

孩子多的人家冬天一床被子要盖两三个人，你拖我拽，时常被冻醒。床垫就是稻草，60年代后期种杂交矮

小巷深深——关于童年的如歌散板

秆双季稻，矮秆不够长，不能做床垫。外婆每年总是托人到淮安她娘家去要几捆长秆稻草，她说，每年换草垫才能睡得暖和。这是不是也应验了那句"金窝银窝不如自己的草窝"？其实稻草不仅御寒，也挺环保。

1966年，我11岁了，那年冬天的一件事，让我至今印象十分深刻。有一天晚饭后，舅舅突然回来了，他时任邵武县领导，去福州交际处即现在的西湖宾馆开会，顺道看望外婆。亲友邻居们都闻讯而来，有的还携着煤油灯，昏暗的客厅顿时明亮、热闹起来。我一眼就看到了他胸前佩戴的毛主席像章，红底金黄色的头像，外圈也镶着金黄，有一分钱硬币大小，十分时髦。整个晚上我的眼睛一直没离开这枚像章，完全不知道大人们说了些什么，因为惦记，辗转反侧一夜没睡好。舅舅一早要赶路，先要步行五里路去洪山桥，赶头班公交车参加市里八点钟的会。早上四点多外婆起床做饭，我也顺势滑下床，去灶口帮着烧火。饭做好了，我叫舅舅起床。吃完饭舅舅就告别外婆出了门。

  树影在昏黄的路灯下摇曳，石板路忽暗忽明，我与舅舅匆匆踏上小巷。寒雾笼罩，偶尔一二声鸟鸣划破寂静，鸡犬被唤醒，直着嗓子唱晨曲。走了一小段路，舅舅说："回去吧，早上很冷。"我不吭气，只跟着走。又走了一段，舅舅说："回去吧。"我没吭气，还是跟着走。走着走着，我想再不开口就没希望了，于是鼓足勇气，嗫嚅道："舅舅，您这枚毛主席像章，能不能给我？"舅舅笑了，说："跟了半天，是想这个啊！"站在小巷边，他将像章摘下来，给了我。我握在手里，十分激动，寒冷一扫而光，脚下轻快了许多，一直把舅舅送到车站。从洪山桥到福州西门有4站公交路程，2分钱一站。售票员斜跨着一只多口袋的帆布包，手里拿着木板票夹，撕出一张票就用铅笔画一下。在售票员的催促声中，我挥手与舅舅告别，一转身，立马把徽章别在胸前，觉得自己似乎高大了不少。此后好一阵子，小伙伴们总是无比羡慕与景仰地看着我，使我体味到一种无比的自豪与满足。这枚像章我保存了很久，从部队转业时还见它躺在外婆小梳妆台的顶层。至今回想起来，还会为那种亲情与信任而感动。

福州有首民谣："月光光，照池塘。骑竹马，过洪塘。洪塘水深不能渡，娘子撑船来接郎。"（唐朝福建观察使常衮编。）洪山桥未建之前，闽江西岸的人们来福州，常常要乘船或竹筏摆渡，乘竹筏也叫"骑竹马"。记得幼时，从西门到洪塘，沿途还有不少池塘，稻田、菜地间杂，一路山清水秀。小巷不仅是乡村重要的行道，也是闽侯人去往福州的主要通道。公社搬运站有数十条船专门负责两岸的摆渡，一年四季，不分昼夜。一条船有两个船工，一个掌舵一个撑杆，船中央有篷，两边坐人，船头船尾可堆放货物。

春夏秋冬，应了季节，花市、果市、探亲、访友，渡船上行人、货物也各有差异，但有种现象不分季节与昼夜，即送医的病人。缺医少药的农民不熬到大病躺下是不去城里看病的，这些病人一般都躺在竹椅上，竹椅两头用绳子绑好，中间穿根竹竿，前后两人抬着。每次病人经过，小孩都捂着鼻子跑得很远，因为家长告诫孩子们要避让，怕晦气也怕传染。大多数病人家贫，舍不得长期住院，从福州回来也多是抬着，但这其中就有区别：逝去的是脚朝前，不论季节脚都露在外面；头朝前的则意味着回家继续休养。渡船，联接了小巷与远方的人群，让小巷的人们也时时感受着远方的风物。

90年代初修建了洪塘大桥后，闽侯到福州汽车可以直达，从此小巷逐渐萧条，人来人往的喧嚣，让位于本地居民的和平与安宁，留下街巷的古朴与恬静……

月亮是小巷的守护神，她见证着小巷的温柔、多情与忧愁，凝视着人们的快乐与艰辛：春天，她搅动人们的梦想；夏天，她祈祷孩子们成长；秋天，她昭示收获与成熟；冬日，她送来暖暖的梦乡。年轮有迭、四季更替，她用温馨、慈祥的眼神，记载村落的变迁：拆平、重建；乡村、社区……乡村在变，人们的感受也随着时代在变，然而无论怎么变，月光在故乡的小巷撒播的温情，永远不变。

小巷延绵两公里，近千户人家沿途居住、鳞次栉比。由于居住的固定性、农耕生活习性及姻亲相连，人们个个相识相熟，一起读书、一起农耕，经年累月，家家知根知底。这样的熟人社会相互往来、相互影响、相互制约，自然就形成了农村居民们自身的道德规范和评判标准。

几十年来，小巷从未发生过案件，甚至没有偷鸡摸狗的事。和睦的邻里关系、和谐的熟人社会，成为小巷人的集体意识。在故乡，即便是被亲友所诟病的，也往往是善良之人，只是可能某方面小节有亏，乡邻们虽有时小题大做，其实也是见微知著，意在提醒。故乡总给人以更多的包容，她有爱心让你撒欢，更有耐心让你成长。她是永恒的热土，不温不火、不愠不怒，滋润着一个个或悲怆或沧桑、或饱满或快乐的游子之心。

网友留言

✉ **年微漾101**　2015-1-17 12:56

如果将中国大地上的每一座乡村都看作是独一无二的个体，那么这其间无数的街道巷衢就是他们的骨骼。一条小巷所经历的春夏秋冬，其实就是一座村庄在岁月轮回中的缩影，也正如我们的骨骼在生老病死中所发生的渐变。在这组散文中，作者以其深厚的情感、耐心的观察、敏锐的感悟和多样的视角，捕捉到了一帧帧不易为人察觉的时光暗涌。当城市化的进程愈演愈烈，无数被复制粘贴的"克隆人"和"机器人"接踵而至，我们便尤其怀念那昔日里拥有着真实体温、情感和质地的故乡——小巷深深，它正是故乡的一根铮铮铁骨，让人得以凭吊无处安放的乡愁。

✉ **新浪网友**　2014-10-17 21:41

人对故乡的思念往往绕不开孩提时代的快乐，常常具体到家里的一道土菜、乡间的一条无名小陌。博主情感之真挚，用笔之细腻，无愧"李氏《童心》冰氏《寄》，林家新著一家言"的美誉。此文不禁令我想起老家来——闽江口小岛琅岐。相较建新，琅岐的人文底蕴或许不及，但同为河床沉积平原，其水土之丰沃似乎不遑多让，亦堪称花果鱼米之乡。虽身在万里之外美国卡城求学，亦不时魂牵梦绕。时值暮秋，物事萧瑟，立身学校地质楼，不免感伤，是为秋怀。正是：经年况味似孤鸿，万里乡关魂梦中。寂寞卡城兼细雨，萧条地院晚来风。班门弄斧，谨表感同身受，乡音萦绕。

✉ **安柯桥北的草木** 2014-10-21 11:55

读完之后，似乎还沉浸在通篇所弥漫的故乡情思之中，久久无法消散。从2001年离开福州已经13年了，在北京日日忍受雾霾的今天，家乡的一片清朗秀色似乎更加令人眷恋。小时候的世界很小，只有学校和家之间的那条路，最是留恋温泉路上的紫荆花，还有中学校园里绚烂无边的紫藤萝瀑布。当然，还有天桥边的三角梅。看到作者说的玉兰花，茉莉花，不免又想起情窦初开时，喜欢的男孩买来的花项链，那似有若无的香气，就是那片淡淡的心境。铜制的火炉小时候真的还摸过呢，现在却怎么找也找不到了。虾油沾着油条吃又是何等的美味。家乡的味道牵得人在人生的千回百转后，只愿回到那片纯真年少时。只可惜，年岁徒增，心境反倒不再赤诚洁白。看到文中这么多细致生动的描绘，这么多细致入微的情绪，感慨作者把这一切把握和传达得太好，这可能就是人们所说的返璞归真，是人生又一次的精进，让人心生羡慕。对于传统、故乡、邻里、家庭的意义，恐怕是作者在文中传达得最为深切的东西。我们现在总是在讲核心价值观的落地生根，可能过多讲了它的理论意义，恰恰忽视了这一片最为深厚的传统人情给人心的滋养。为此点赞。

✉ **小生布兰** 2014-10-27 17:35

从大自然中寻求心灵的慰藉与安宁，在美国发展出了一种称之为"自然文学"的创作门类，成果斐然。其实，在古今中外一切文明代码里，都不乏自然主义的因子与成就，中国历代的山水诗画、山水小品、诗词杂曲，构成了整个中国古代艺术的主体，寄托着人类的情愁爱思。正是在这陈陈相传的文化基因里，本文作者捕捉到了亲情与自然、人文与乡音交融的"点"，那由小巷所串联起来的人、事、物，在特定的故事和场景中展开，让读者在阅读与体味中时时产生愉悦、共鸣，获得感悟，快乐因此也悄悄泅入心灵。

不可否认，地理环境与审美有着直接的关系，而社会文化则成为它们两者之间的中介，包括：风俗习惯、方言、信仰、生存方式、历史传统与族群遗传等等。《小巷深深》（以及作者此前所有关于童年的回忆）所展示的人文生态，那些民谣、诗歌、传奇、宗教艺术等审美形态，正是在八闽大地这个特定的地理环境中，生成为人类的"家园之歌"与"生存之歌"。

文化特征的消失，某种程度上就是民族特征的消失。非常可贵的是，针对工业化过程中之环境污染与城市化过程中文化遗产的迅速消失，作者表现出了强烈的现实关怀。这一切也许还是基于作者对自然的爱恋与不舍，还有责任。也应了那句话"真正懂得人生的人，是为了欣赏而赶路的"。

✉ sceny　　2014-10-28 17:32

心理学家早就发现，童年的遭遇对一个人以后的人格发展有至关重要的作用。小时候的经历可能无意识的影响着人成年后的选择。博主幸运地拥有一个快乐的童年，那些在目前的都市早已逝去的邻里乡间浓浓的人情和温暖，是回忆的宝库，不断滋润着作者，涵养着笔触，也滋润着读者的心田。全文以月光为引子，写尽了一条童年小巷春夏秋冬，却写不尽那记忆中带着暖意的乡愁。在博主笔下，几成绝响的中国传统人情风俗如清明上河图般徐徐展开，小孩的顽皮与成人的达观知命跃然纸上，读者一定会会心一笑，想起记忆中的那片童年时光。

✉ **中文书刊网暖阳** 2014-11-4 16:45

这里没有漫天飞舞的雪白，却有热气轻腾的温泉让你感受如家的温暖；这里没有枯藤朽木的苍黄，却有郁葱的榕树让你仿佛走在春天与明天；累了来碗鼎边糊，想象当年林则徐也曾坐那桌角思考着民族大义。海滨邹鲁璀璨闽都大福州，你会爱上她！

邻　　居

唯邻是卜

"邻居"这个词，城里人与农村人对它的理解差异性估计不大，但对它的感受恐怕迥别。

有个相声这样调侃现代城市的邻里关系：小张出门，看见对门人家门口摆放了许多家具，便上前客气地招呼："你们刚搬来呀？我们要做邻居了哈。"孰知对面人家淡淡地说："我们在这已住十年，这是要搬走了。"故事虽有些夸张，但对现代城市邻里关系的淡漠与淡然，描摹得倒也逼真。

传统中国文化里，好邻里是赛过亲情的。邻居，感受的是一个"情"字，乡情、人情。盖因农耕社会，男耕女织，安土重迁，人际关系比较稳定，容易固化，经得起慢慢磨合乃至修正，朝着大家皆认可的模式，形成心照不宣的一些规则。农村的"邻居"概念较广，一是空间的距离，有时可以延伸好几公里，小学的同学基本上都可称邻居；二是时间延续也很长，有时关乎几代人甚至上百年的牵扯。在我老家就是这样，"邻居"既有族人、亲戚和同学，也有儿时的玩伴，甚至同龄而辈分差着好几辈的人。

今年女儿结婚，母亲早早就吩咐，说你们在城里如何操办都没想法，但乡村邻居间的"礼数"一定要到位。于是，择了时日，我和爱人带着小两口，一家人回到老家，按照乡风习俗，恭恭敬敬地置席摆酒，宴请邻居。在母亲眼里，这种知晓于邻里的仪式举办完了，女儿才算是正式出嫁。

乡间的婚宴朴实，但按照母亲的说法，招招都必须在礼数上。邻居们说不出多少漂亮、生动的话语，但是那眼神、甚至那憨笑中透出的浓浓友善，还是让我们时时感动着，令一家人的心变得很温暖。

　　席间，大家谈起了几代人毗邻而居的交往，谈到了对这片即将被拆除的乡村的不舍、对邻里安置的担心与牵挂。我则忆起20世纪60年代的一件往事。当时与我家隔墙而居的崔家，是与我祖母的上辈们邻居，又一起从他乡搬来相邻而居的"世交"。当年，崔家的住屋和我家的几乎一样破旧。孩提时走过他家厅里的木地板，总要提醒自己要小心，不是一脚踩空，就是踩了这头而另一头的木板"吧嗒"一声翘起来，时时有跌跤的风险。崔家有位叔叔，很小就出门求学，三十多年没回过家。记得1967年的夏天，他忽然从天津南开大学回来了。这位叔叔穿着衬衫、西裤，头上还戴着一顶凉帽，拎着皮箱走进崔家。邻里孩子们从没见过这样打扮的人，很是好奇，一大群就跟着涌进家门。只见他快步走到老母亲的床前突然跪下，抓着老人的手一声声地唤着"妈妈""妈妈"，泣不成声。他的哥哥、嫂嫂也从田头匆匆赶回来，一阵寒暄唏嘘，我们听后才知道是多年未见的弟弟回来了。据说他外出求学时，母亲有所交代：如果还是一个人就不要回来。因他痴迷数学，没有婚娶，后来成为年轻的数学教授，"文革"中被打为学术权威，知道母亲病危，才抽空回家省亲。只见那几近知天命的儿子在母亲床前长跪不起，唤醒昏迷的母亲。老泪纵横的母亲，用她那布满斑点、血管鼓起的手，颤颤巍巍地不断抚摸儿子的脸。那情景仿佛一幅画，一直留在我的记忆里。

这位崔叔叔是我父亲儿时的玩伴，为了追忆往事，他们两人还特地去金山寺住了一宿。记得当时父亲还请他教我算术。一个大学教授教导我这个小学五年级的差生，居然十分认真，然而对他讲解的内容我却不太懂，他便推说是教的方法不好，许是想为那冥顽不化的少年留点面子。后来回学校的他还给我和弟弟每人寄了一件"海魂衫"，羡煞了我的同龄人。

崔叔叔回校后寄回部分积蓄，要重建新屋改善母亲晚年的居住条件。这样，我家邻居便破土动工建房。农村三件大事：盖房、婚嫁、修坟。崔家要盖房子了，大家便都来帮忙。记得"起扇、上梁"那天，十分喜庆。"三扇二"，前后上下八间房子，框架支起来，这在当时可算很好的居住条件了。然而建房先要拆房，便要找

家乡卿音

临时居住的地方。于是我祖母吩咐一家人将房厅让出来，作为崔家储物和临时的住地。建房时正逢春节，房厅住了崔家人，我家就没了吃年饭的地方。奶奶想了个办法，让我们把水缸的木盖子搁在板凳上，我们一家六口人在那小小的木盖板上吃了个年饭，正应了福州人说的"年节摆椅子上做"。如今过去近半个世纪，饭桌上说起这一隐情，大家都感慨万分。年近古稀的崔家大哥更是热泪盈眶，斟满酒杯，和着激动一饮而下。

邻居的互帮互助不仅体现在这些大事上，细小事情也是如此。我母亲已八十多岁，一个人住在老家，平时洗洗刷刷、搬轻挪重，都是邻里们相帮着做。母亲有支气管毛病，病情发作时会口吐鲜血，特别是晚上，虽说家里安了电话，但要待我们赶回去，也要近一个小时。邻居们总是第一时间赶来照应，他们逐渐掌握了老人的生活习惯和身体状况，总是给予及时的关照。母亲也总说，身边的谁谁比起城里的我和弟弟，还要知冷知热、

贴心贴肉。

母亲小时候出麻疹、发高烧导致视力严重损伤。记得我小时候的一天傍晚,太阳正落山,母亲在天井的一头呼唤另一头的我。一直没听到回应,母亲生气了,想过来打我。待那被敲"毛栗子"的孩子吓了一跳,母亲才知道敲错了。原来村里的孩子个个晒得黑不溜秋,黄昏落日下眼神不好的母亲很难辨认,错把彼人当此人了。

后来我带母亲去附一医院的眼科治疗,用了八百多度的镜片,母亲戴上后头晕晕却还是看不清,此后也就一直没有配镜。现在母亲年老了,精神也越来越差,需要护理的事儿就更多了。但是她在那个熟悉的环境里却生活得惬意自如,享受着这熟悉的土地、自然和人文带给她的踏实和安稳,她的心比我们安。

我和弟弟每个周末都要带着家人回去看望母亲。有一回我刚到家,看见一陌生的中年人手拿一根竹竿,衣冠不整地进了我家门,拿起院子里石桌上的钱转身就走。母亲见怪不怪,手上依然忙她的活。我倒有些奇怪,问母亲怎么回事。母亲说,那孩子当年高考落第,精神受了刺激,行为变得不正常,现在每天从闽侯上街漫走,风雨无阻。每每经过我家门口,母亲念其可怜,总要给他一两块钱,于是形成了习惯。人不在的时候,就将钱放在石桌上,让他自取。母亲很享受这样的给予,她认为行善无分大小,主要是凭心坚持。

三环路上的拆迁户——我的那些个邻居们,选择的安置地,却是我家老屋这个村的位置。于是,母亲和家边的邻居们,也因为他人要安置而被拆迁了。虽是原拆原迁,但过渡起码要好几年。我与弟弟商量,想请母亲到城里来与我们一起居住,安度晚年;或者就近租套房,请个保姆照顾母亲的起居生活,也方便我们去看望。但母亲认为,我们都是上班族,有自己的事业要做,她到了城里,就像关在"鸟笼"里,没人聊天,不会说普通话,精神又差,实在没法待。而请保姆,她则认为现在生活可以自理,太浪费,没必要。母亲唯一的要求是,邻居们搬到哪儿过渡,她也到哪儿过渡。

网友留言

✉ **椰子汁** 2013-5-27 11:57

班长,最近还醉心于写文章吗?倒是很久没见了。文笔真是越来越好了。这几天在看女儿的作文,有点发愁。按老师的标准,辞藻需要华丽点。我倒是觉得过于华丽的辞藻容易失去生活的味道。今年在杭州,杭州很美,是一座很有温情的城市。

✉ **智图随缘** 2014-5-28 22:08

字里行间透着一个令人怀念的字——情

✉ **年微漾101** 2014-11-10 22:08

远亲不如近邻,相比于在农村集体生活中度过童年的上一辈,恐怕没有人会比他们对这句话有着更深的理解。在福建,因为古代移民的缘故,许多乡村还保留有当时中原姓氏聚族而居的习惯,因此,我们自不可忽略这其中蕴藏着的血缘关系。然而,如今的这一代,从小生活在楼盘、套房中,邻里关系变得愈发疏远,这不可不说是一种倒退。我们怀念那时的邻里,其实也是怀念一种已成追忆的乡村式和谐。

老　　树

庭中有奇树

出差去建阳，偶遇千年古樟。枝繁叶茂，蔽日遮天，树冠覆盖几逾千平方米。据说很久以前，古树遭雷劈，主干开裂，村民以为天公发威，天神显灵，乃在开裂处置一60多厘米高的佛像，供人拜祭。哪知裂口慢慢愈合，形成仅碗口般大小树洞，遂成"树抱佛"奇观。人们时时于古树前虔诚祷告，祈求风调雨顺，生活安康。千年时光划过，古树依旧，伫立树下，仰视苍穹，叹阴阳造化、生命浮沉，感慨之余，想起老家门前那棵龙眼树来。

童年印象里，家家户户住的都是木板房。两边鳞次栉比的木板房，中间即是一条青石板路，蜿蜒曲折，一

眼看不到头。石板路不知何年铺设,只见石面圆润,泛着青光。听老人们说,知其始于福州西门,止于闽江叉口的淮安。数百年沧桑横陈,只留下一抹温柔,遗落在我童年的记忆中。

那时的夏夜,月光与星光交替,虫鸣与犬吠重奏,数不清的神秘、兴奋与快乐。婆娑树影下,洗完澡的孩子们穿上木屐,在石板路上奔跑、嬉戏,踢踏踢踏的木屐声清脆悠扬,传到很远很远。玩到兴起,木屐上的布条断开,踢开木屐,光着脚丫照旧在石板径上疯跑。雨后的夏天,从屋檐中透射出的阳光将东西走向的石板路的中间晒干，而两边湿润的石头和石缝中自然生长的各色野花上水珠依然。石板径沿途，植有数十棵冠盖如云的百年龙眼树，树间还夹杂着黄皮果、番石榴、桃树、荔枝、柚子、枇杷、杨梅、杨桃、香蕉等各色果树，家家户户的房子就掩映其中。建新历史上是花乡，爱美的乡邻大都种些花卉、盆景，家的四周种满了桂花、玫瑰、三角梅、月季、夹竹桃、芙蓉以及各类无名的篱笆花，四季开放，世代相传。树高花繁，偶来串门的亲戚，常常会在繁花高树与青石板之间迷路。木板房只有一层，树比房高，树叶落积，经常堵住瓦片间的下水口。雨水频顾，家家都遭漏水之苦，于是每年都要"捉漏"，上屋顶打扫落叶，顺便把瓦片重新"翻盖"一次。

　　龙眼的成熟有大小年之分，大年果多且优，小年则量少质差，一般大小年各一。无论大小年，人们都会给树修剪、施肥。每年生产队摘了龙眼后就开始修剪树丫，在树根部周围挖上一圈圆形沟渠，施上有机肥，三天后覆上土，加上营养，剪去废枝叶，期盼来年有个好收成。还记得幼年，有家里长辈过世，弥留时，总有猫头鹰在附近龙眼树上鸣叫，晚上听着十分瘆人。一直以为两者会有某种因果联系，后来树被掘了、猫头鹰没了，但人之逝离犹如人之出生，有生有息，依旧依然。

老家房子的围墙内，就有这样一棵老龙眼树，树皮黝黑，处处是皲裂的斑痕。外婆说她嫁过来时就这样子了，若外婆健在，今年已107岁了。这棵拥有近两百年树龄的老树一直从容地生长在这里，注视着世事变迁，见证着不同时期居住在周边的人们的悲欢离合。

这棵老龙眼树，比现在的三层楼房还要高出许多，遒劲的树根宛如老寿星的血管一般，完全裸露在地面，成为孩子们进行"藏子"游戏（"藏子"是一种孩童游戏，指定一个小小范围，每个玩家告知所藏的物品，然后选出找物之人，所藏之物被找出的玩家即下一次的找物之人，如此循环。游戏对藏物人来说，要讲究藏物的创造性和隐蔽性，对找物人而言，考验的则是敏锐性和耐心）的天然场所。老树在主干3米以上的部分开枝散叶，分支长出一个蘑菇型的"树伞"，延伸了十余米，直接耷拉在屋檐上。每年因为被这部分树枝损坏的檐瓦都要维修，还要对这趴在屋顶的树枝进行修剪。老树皮肤粗糙，枝丫交错，夹缝中长了寄生植物。一种毛茸茸的絮状物，以树干为宿主汲取养分，若是手割破了取些用力挤压，可以止血。打我记事起初，老树的果实还很鲜美，但后来无人管护，逐渐缺乏养分，老树不断退化，原来壳薄、核小、肉厚的优质龙眼变得有啃无肉咽，孩子们就也不再光顾了。再到后来，老树周边拆房、伐树、退耕，连鸟儿也少来了。待龙眼熟到自然坠地时，母亲每天早上起床便当垃圾打扫收拾了。

而同时，老树干上的寄生植物却越长越多了起来，不断与树争营养。

天长日久，树干就慢慢枯萎，大风一起树枝就折断

掉落，原来的枝繁叶茂变成了老树枯藤。母亲认为这树得砍了，否则树枝掉下会砸坏房子，也会伤人。我舍不得，于是请人将枝干进行了一次整修，开叉往上部分的枯枝全部砍去，地下再施肥堆土。结果第二年春天就长出了很多新枝，枯枝也发了新芽，不到一年时间，长出了龙眼，并且品质也有明显的提升。

我欣欣然于自己的付出与收获,然而好景不长,几年后,老树的树干被白蚁掏空并占据了。每到端午前后,成群的长着翅膀的白蚁从掏空的树干里蜂拥而出,趋光而去。老树的健康每况愈下,母亲觉得老树已经病入膏肓,无药可救,又一次提出要将树伐去,说是白蚁这么多,要是垒窝再把木质结构的老屋腐蚀了,就更不好弄了。我还是不舍得,就向园林部门求助,从树的底部掏出个小洞,喷洒药物,消除白蚁之患,又在树洞的底部和树兜处投放了药物及营养。经过这一番治疗和保养,老树又渐渐恢复了活力,焕发出生机。更神奇的是,居然每年都会定期在树兜部分长出两朵灵芝。由于树的四周都用砖侧砌了一个围圈,堆上土后又种了一圈麦冬草,夹杂着也长出了许多其他植物。起初我们都没有注意到,等到灵芝成形被发现时,已有小碗口大小。于是我开始注意观察,灵芝每到春季就会自然长出,母亲也不去有意采之,只是待其自然掉落后捡拾回家,随意放置在厅里的桌子上，也不食用。

原以为老树会一直安然伫立在那里，未曾想去年老屋遭遇拆迁。我本想留下老树，作为对往昔生活的一种纪念，也能标示方位，任世事翻云覆雨，看到老树，就知道故乡在那里。可没曾想，房子刚被拆，老树就随之消失。没有砍伐的痕迹，想是被整株移走了。于是我随即与镇里的人员联系，希冀能讨个说法，追回老树哪怕种在原地。结果被告知，树是以前红光大队的，即使在老屋的围墙之内，也不属于我家。母亲说当年修房子筑围墙时，家里向大队交过450元买树钱，收据她至今仍保留着呢。

我一阵怅然。老树已不知去向，收据还有意义吗？是谁的树又有什么关系呢？老树只有在这儿、在这个场景才有生命啊！移到别处，活吗？站在老屋原址，记忆纷至沓来：树下是嬉戏、跳皮筋、跳方格、踢皮球、弹跳珠、捉迷藏、抓蚯蚓、摇树枝、扫树叶……农村孩子的一切游戏都在树下、檐前进行。望着眼前的瓦砾和残垣，突然觉得很生疏。

　　清明节将至，还记得童年的清明节，和玩伴们捧着装满清明粿的碗，坐在老树下大快朵颐的场景。那时，各家各户包的清明粿馅料多样，豆沙馅的、芝麻馅的、萝卜馅的，还有用糯米做馅的。制作方法不同，味道也不同，做好之后，邻里之间相互赠送，而孩子们自然是各类食物交流的大使。那几天，空气里飘满了各种馅料

混合在一起的香味。

其实，不止是清明节，几乎各种节日，正月十五的元宵，端午的粽子，七月初七的蚕豆，过年时的各类糕点都是如此，特别是每逢家中先人的纪念日，在拜祭祖先后，都会将祭祀用的食品小点分送邻居。看似简单的一点食物，不仅是乡村里人们纯朴交往的展示，显示着邻里乡里人际关系的稔熟，更蕴藏了一整套你我融入其中却早已浑然不觉的生活方式。这样的物质交流实际上早已上升为一种情感的交流，是维系人情关系的精神载体，是对历史和文化的传承和眷念啊！

老树下，是一幅幅人间烟火图景啊！如今再回味，心里一阵滋润，一阵怔忡。

网友留言

✉ 一点心香透天庭　2013-7-26 23:35
两百年的龙眼树应该可以进入福州名木古树保护了，比丘戒中也有一条就是禁伐大树。现代无知无畏的"拆呐"国人为了"鸡的屁"真是无所不用其极,除了三坊七巷那些仿古名居,我们的子孙要看那些古屋古树要从照片里才能找寻了吧。

✉ **一点心香透天庭**　2013-7-26 23:39

上周末在涌泉寺观音殿门口,看到一个外国年轻人,传统居士打扮,坐在殿门一角临摹涌泉寺的飞檐画栋,不禁一阵唏嘘。做为一个外国人都如此有心留意中华古代建筑的艺术价值,而作为继承者的我们做了些什么?

✉ **昭昭宇**　2013-11-08 22:39

树是老的,心是少的,情是真的!

✉ **黄晴晴子**　2013-11-29 10:43

文章好美。一幅幅乡村田野画卷就在眼前,仿佛看到我闽侯乡下的家似的,那里也有这样一番景象——龙眼、荔枝、柚子等花果树木,一派翠绿;树木间也是充满着烟火图景。

✉ **年微漾101**　2015-1-12 13:16

十年树木,百年树人。树,可以视为一个家族的象征,它们是这个家族兴衰更替的一种见证人。"碧玉妆成一树高",是贺知章的清新之树;"野旷天低树",是孟浩然的羁旅之树;"缺月挂疏桐",是苏轼的寂定之树;"疏梅筛月影",是林觉民的爱情之树。凡此种种,其实也给今天的我们以一种启发:我们的城市，只有与树木花草、与大自然紧密结合，才能最终做到"望得见山、看得见水、记得住乡愁"。

奶奶的"缸灶"

万灶炊烟

前些日子女儿装修小家,我和她妈妈都特别提醒,厨房的抽油烟机位置一定要选好,充分考虑通风,以增加氧气助燃。触景生情,想起小时候家里的灶,心里别有一番滋味。

我家的灶——即使在当时的乡下也很特别,俗称"缸灶",即将大瓦缸的底割去一部分,从边上切出一个四方形口子作灶门,倒扣在垒起的土墩基上,安上锅,就成了"灶"。因没有通风系统,尾部不散烟,沿着灶口往上飘的烟都弥漫在屋内,碰上春季阴雨,整个屋子都烟雾缭绕;若哪次不幸点火不着,更加剧烟量,真是余烟绕梁三日。常年熏染,厨房乃至整个屋子都变了黑,每年端午、中秋、春节大扫除也无法使之"漂白"。老木屋、旧瓦沿,屋角的鸟窝、蜘蛛网上被缚的蚊蚋小虫,使房间的光线愈加昏暗。奶奶患哮喘,常年不能卧眠,只在床上搁张小竹凳,发病时就趴伏其上。烟雾绕屋,伴着她连续、沙哑的咳嗽,还有断断续续的感慨:"破锅漏屋,一日难过。"自她嫁来,就一直生活在这个环境里。

1966年下半年，"文革"开始，小学五年级的我放长假了。那时的我，年龄偏小个子却不矮。看到奶奶的生活状况，觉得得做点什么。于是与几个小伙伴们商量，说干脆自己动手，"砌灶"，为奶奶建一座新灶……

新灶什么样固然有他家的样本可循，但怎么砌却毫无经验，整个过程现在想来真是一次生动的乡野少年的实验。

我们一无所有。红色的装饰面砖、白灰、砖、石料、水泥，哪里来？砌灶膛用什么材料？细细弟建议先去后山拉黄土，制土砖。于是我们去后山拉来黄土，又将稻草切成1.5厘米左右，拌在土里以增加强度，用水将黄土、稻草混拌，捂一周时间，稻草变柔软后与黄土完全糅合在一起。然后：摔砖。"摔"是将揉好的黏土摔在模具里，将四周压实，防止出砖时空鼓。摔砖，由于我们有的是力气，但缺技巧，经常摔歪了。有时泥和得稀稠不一，经常溅得一身，瞅着对方满脸的泥点，彼此指指戳戳，

奶奶的缸灶

相互摸刮,相视而笑,仿佛有浓浓的成就感。晾晒十几天,土砖就能备用了。

但土砖不能替代所有的砖,灶腹和烟囱部分一定得用烧制过的砖,于是我们去拣破砖。破砖规格不一,要切割,切割又没工具,于是各自回家去找来最大的铁钉,用直木棍比量后,在砖的两面用铁钉反复划,磨出深槽,然后掰断,再置于沙砾般的粗石上磨平。

灶台面用的红瓷砖最难找。蛋蛋弟说他家附近有一个织布厂倒闭多年,机器搬走,门框被拆,地上铺的"斗底砖"(红色的六角形磁砖)大多已被踩烂。于是我们将它捡回来,用木棍规整尺寸,用铁钉磨出大小。好在我们有的是时间,有的是力气,有的是耐心。

石料在乡下倒是随处可觅,但要找到一条宽 0.5 米、长 1.5 米左右的石条做灶基,也很是费了一番工夫。

材料齐了,开始"砌灶"。农村"砌灶"是要看风水的,其实就是通风问题,灶口朝向是关键,这其中含了一定的禁忌。谁来"主工"呢？伙伴中有一位比我稍年长（只大两三岁）我称之为舅舅的68届初中毕业生，聪明手巧，自告奋勇来担当"主工"。

定好方向，先将旧"缸灶"拆除了。奶奶很是担心，说："你们砌不好灶，我可要没饭吃啊。"愣头愣脑的我们个个豪气冲天："奶奶你别怕，我们一定砌好，绝不比'缸灶'差。"那一刻，我们有的是信心，有的是力气。七手八脚就干开了。大家先自回家，将自家的铁锅拿起来，琢磨灶窝的大小、火与锅的距离等。临到真动手，反反复复好几次，屡试不成，烟从灶口冒出来，个个被熏得流泪、咳嗽、灰头土脸，很是沮丧。小舅舅围着灶一遍遍转，终于恍然大悟：烟不往上抽是因为没有烟囱，没砌烟囱先不要定灶窝。

难度最大的是灶腹及烟囱，技术要求比较高。起先，为了通风好、旺火并节约柴火，我们计划将烟囱砌在灶的中间位置，但试了几次，砌到一半高度就塌了下来，不仅技术差，材料也差。烟囱要高过屋顶，侧砖要砌得整齐，不能歪。木板房的单层层高都在四米以上，加上露出屋顶的部分，烟囱总高度近5米，对我们这群毛孩子来说，难度太大了，加上砖的规格不统一，更是难上加难。大家琢磨倚着墙会比较好砌，但通风有问题，又作罢了。七嘴八舌间，不知谁说了句：人家工匠干活都有拉绳子做直标。旋即学样，我们用四根缝被子的线绑在梁椽上，用破瓦片垂直下来，每砌一砖大家都从不同角度检查是否与线相符。屡败屡战，不断反复，小舅舅的技巧也随之提高，最后居然就被我们砌成了。

马上垒灶锅。不断地实验，知道了要顺着通风的风向，形成至烟囱口螺旋上升的通道，通风才顺畅。每得到一点体会都反复多次，真的很难，好在我们有的是时间，有的是力气，有的是耐心，奔着一个目标去。

一番捣鼓，灶砌好了。台面铺上了红砖，四周的土砖很难看，稻草根露在外面。小舅舅想出了办法，用石

灰加拌些红色涂料。奶奶看到我们的辛苦和成果,病都好了一半,乐滋滋掏钱买石灰。贝壳烧的石灰在乡下很便宜,几块钱就解决了问题。抹上红石灰,用铁钉勾勒出烧制砖的痕迹,再用白石灰勾缝,一个崭新的灶砌好了。

邻居们都来看,很惊奇,说你们长大后可以"砌灶"谋生了。大家很开心,急着要庆祝一下杰作,顺便"试灶"(即起火试煮),奶奶也很赞成。于是哄哄奔向湖边田野，摸砚子、钓鱼、抓螃蟹、捉鸟、抓青蛙、拔青菜，种种乡下孩子的拿手戏，主厨的还是小舅舅，我们打下手，家里拿出自酿的"青红酒"，一群少年开心地欢庆。奶奶围着灶，这看看、那看看，拍拍灶台，开心得直说"我开始享孙子的福了！"

那个贫穷年代的希望和梦想，被一群衣衫单薄、面孔黧黑、头发稀黄的少年们实现了。此后数十年，这群少年或显达或平凡，每每相聚，砌灶时常成为他们谐趣的谈资。

网友留言

✉ **一点心香透天庭** 2013-11-4 18:13

那个贫穷年代的希望和梦想，被一群衣衫单薄、面孔黧黑、头发稀黄的少年们实现了。此后数十年，这群少年或显达或平凡，每每相聚，砌灶时常成为他们谐趣的谈资。正是这些往昔小事，让他们保持着对故乡的爱恋。

✉ **昭昭宇**　2013-11-18 22:36

儿时的记忆,少年的童趣,永远的纯真[-亲亲]

✉ **黄晴晴子**　2013-11-29 10:31

真实生动的怀旧故事,朴实自然的文风,很喜欢。

✉ **vbt7605**　2014-1-10 15:57

是不是现在的节奏太快,使我们对过去的生活更加缅怀;还是因为逝去的时光因为不可追,所以记忆总是给他镀上金色的光芒。现在的生活太忙了,以至于没有时间回忆儿时的时光。

✉ **安柯桥北的草木**　2014-7-7 11:40

"无中生有"往往是创造力的最大迸发。安闲时无动力,困苦时反而有乐趣。不识愁滋味的少年,不独爱上层楼,更有无穷的创造力。人之缅怀过往,怀念的不仅是回不去的故乡,更是回不去的少年时,回不去的少年心。赤诚与热忱、纯粹与素朴……真是美好~~

✉ **中文书刊网暖阳**　2014-11-4 16:49

填一首古词表达对福州的热爱:福州好,榕城风情多美妙,爬不完,数不清,是三山健身道; 赞不尽,道不完,是闽剧十番悠扬调; 福桔甘甜,茉莉清雅, 拗九粥柔,太平面滑,海滨邹鲁,进士二千,好一个东海至宝,地设天造,能不忆福州?

✉ **年微漾 101**　　2015-1-8 14:10

　　有炊烟的地方，就有人家。有人家的地方，就有温暖。有温暖的地方，就有记忆。有记忆的地方，就有永恒。这是本书的末篇，但属于作者也属于读者的乡村记忆，却永不会消逝。

在消失中回忆

《小巷深深——关于童年的如歌散板》在博客上登载后,受到一些朋友的关注。大家感同身受,一起交流和分享了童年的各种记忆。其实早在《小巷深深》写作过程中,就已经得到朋友无私的帮助,他们用爱与美之笔,帮着提升内涵、美化意境,装扮并温暖了我们的童年。

记忆是不灭的财富。小巷以及童年的一切记忆,都是个人或社会图谱的一部分,值得珍惜。在构思这篇文章时,记忆所泛起的思绪凌乱而壅塞,以至于成文时遗落了某个细节或场景,接受朋友们的建议,一并补缀如下:

小巷失火事件

由于城市扩张，三环路贯穿了淮安以东，小巷现在仅剩数百米，还是因了文物保护区状元府而留下一片街巷。

小巷经历过两次火灾。记得1961年3月18日下午，我们正在小巷附近的小学上课，突然教室外火光冲天、浓烟滚滚，同学们都站起来尖叫，老师回头看了只说声"火烧房"，就领着大家冲出教室往外跑。学校没有围墙，下了数百个台阶，我们各自往家里跑，大声呼喊着家人。有的同学冲进火海帮助父母搬东西，我也赶紧将家里的被褥等搬到后面池塘边的菜地里。119火警车很快来了，但是池塘里却没有水，春节抓鱼时被放干了。附近几个水井的水很快就被抽干，最后只能将临近的木板房推倒以隔绝火源。

这场大火使得通往学校、也通往真人庙的一座巨大的牌坊"特铭坊"被烧毁，边上两口象征龙眼睛的水井自此开始断水、枯竭。池塘水枯，无水可救火，街坊的人们认为这场火是老天的刻意安排，于是提议集资办"火佑"，以求上苍保佑。同时安排夜巡提示，在小巷报平安。从那时起，小巷人都十分注重防火。

牌坊被烧后，剩下四根石头的立柱和烧断的石板，从此再也没有修复。以往水涌汩汩的两口水井，再也不出泉水，被填埋、掺平，这座明代建筑从此消失了。

"细细知"与春卷皮

前几天回家看望母亲,她告诉我,小巷口失火了,烧了好几户人家,还有人被烧死。忍不住想去现场看看。到了对面鞋匠铺子,坐下和他们聊天,说起火灾的事一番惋惜,火毁处房子正在重建,我说,春节还可以吃到叶家"细细知"的春卷皮。鞋匠叹口气说"不可能了!"。"细细知"死了。我有些意外,回家问母亲。母亲说,"细细知"家的这个店面是租的,祖辈就居住在此,以做春卷皮为生。房子被烧,断了生计,他走投无路,写下遗书,投身闽江。

大火带走了知名的春卷皮。不知他的子女是否还继承这手艺,为小巷的人们添一味舌尖上的福气。

水果就饭

小巷人历来有水果下饭的习惯,最有特色的是邻居

依银伯。他家天井靠着街台阶，不知哪年一颗番石榴种子落在他天井石阶的缝隙中，长出一颗直径接近 20 厘米的番石榴树，因为在石缝中长出，所以是倾斜的。孩子们很容易爬，但这种树长得慢，表面又光滑，很容易摔下来。因为树大果多，每年番石榴成熟时，依银伯都要分期分批地摘，送给邻居。当然这个季节他家的餐桌上，早晚也少不了这水果当菜特别是下酒菜，他会将番石榴洗净切成八瓣，蘸着酱油就酒，嘴巴还带劲地咀嚼，很有滋味。

番石榴就是现在台湾改良后的"芭乐"，与以前的品种变化太大了。当时的番石榴个小籽多，香味浓郁，切开一个满屋飘香，即便在室外也顶风飘出。

还有就是鲜龙眼就粥，特别是早上剥开新鲜的龙眼，再舀进热粥，这吃法我保持到现在。技术进步使龙眼早熟、晚熟，拉长了成熟期，每年大约有两个月的时间，早上龙眼稀饭。其实很多水果都可以就饭、下酒，现在基本都消失了。

提篮小卖

小巷的清晨、傍晚，都有渔民手拎着河鲜等各类小鱼叫卖，也有农民肩挑手提四季各类果蔬来此叫卖。捕

鱼是晚上放下渔网,清晨提网;有的是借助潮汐,在沙滩近水处,利用涨退潮进行捕鱼。小鱼用竹皮从鳃部穿过,一串串地拎在手上,"沙康"等小的鱼就放在篮子里,都是新鲜刚出水的样子。买卖双方现场称卖,现金结账。那时用的是 16 两的老秤,双方算得都很认真。母亲是口算高手,有时买卖双方争执不下时,就请我母亲来算。

母亲的口算得到大家的认可,是因为她对分量算到"钱",金额四舍五入换算到"分",且每次都从步骤讲起,一层层说给双方听,最后讲结果,有公信力。我听到她的方法每次都是先将整数算出金额,然后对小数进行加或减,比如9.3两先算出8两即现在的半斤是多少钱,1.3两多少钱,加在一起就是总数。母亲没上过学,口算看来是与生俱来的。前不久我问母亲,现在的口算还行不行,她说二三十年没有算了,也不行了。看来天赋与勤练不可缺少,这种的环境消失了,母亲的口算也萎缩了。

船艄公与"地瓜烧"

春冬两季,经常看到闽江两岸渡船的艄公们穿着蓑衣站在小酒店旁沽酒,定格在我印象里的记忆是:手里拎着一只小碗,另一只手捻着带皮的花生米或蚕豆瓣,就着6分钱的"地瓜烧"(每斤3角2),饶有滋味地

品着小酒，谈天说地，消磨时光。农村管这种饮酒方法叫"柜台站"。艄公们一年四季、二十四小时都得在江边等待过江的行人，雨季寒冷，辛苦得很，因此他们中有些人的酒瘾很大，会定时出现在小店柜台旁边，这是中国乡村现代酒吧的雏形么？

桥架起来了，链接了闽江两岸。渡船消失了，艄公失业了，"柜台站"也随着消失了。

网友留言

✉ **闲人随笔**　2014-11-18 21:53

饮一杯清茶，忆一下小巷，美好人生不就是图的这个嘛。

✉ **年微漾101**　2015-01-28 11:26

正如作者所说，记忆是不灭的财富。我们常习惯性地将记忆分为两种：集体记忆和私人记忆，从数学角度上说，前者是后者的交集，而后者很大一部分又是前者的补集。在这里，作者用一种近乎素描的手法，勾勒出一些已经消失的人、事轮廓；这些人与事，以不同的通向消失的轨迹，让作者从中依稀捕捉到了远去的时间和空间乡愁。

附录一

从磨刀石谈开去

磨石辨机

我妈妈曾是福州洪塘篦梳厂的职工。孩童时期,常见妈妈做篦梳。把粗壮坚硬的毛竹变成一把把齿纤而匀的篦梳,其间的工序很多。妈妈先要将竹片的四边按规格削平。为此需要用到两种刀:一种叫"挤门",就是两把一定弧度的弯刀,装在木架上,将竹片的两边按规格削平;另一种是"平刀",是负责将竹片的上下两端削平。经过这两个程序,竹片会削得十分光滑,梳头时竹刺就不会刺到头皮。

"削竹"对刀的要求很高,对磨刀石自然就有讲究。妈妈有三块不同样式的磨刀石:一种很粗,粗砺型,有点像砂轮,是为了把用钝了的刀很快地打薄。一种很细,平滑型,为的是将已打薄的刀仔细地磨细,显出刀刃,也称封口,有"刃"的刀才会锋利无比削铁如泥。还有一种是弯曲的,其形状恰好与弯刀的弧度相吻合,用这种石头磨刀,要格外仔细和小心,握刀方法和摆动的弧度都有讲究。妈妈常用这三种磨刀石交替打磨刀具,使刀时刻保持锋利、实用。

一把锋利的好刀,需要不同特质的磨刀石反复打磨。磨刀石看似粗砺,却是制成利刃必不可少的条件。迟钝的钢刃在粗犷的磨砺中,失去的是锈蚀、是卷刃,而显示的是钢的真品,提升的是刀的特质。

从刀与磨刀石之辩,来参看人在社会境遇下的状态,还真有些感悟了。

刀需打磨人要历练,非如此都不曰"成材",这是常识。但刀无头脑人却有思想。刀能适应磨刀石,人却不一定喜欢他的生存环境。顺境固然欣喜,逆境也能无忧,这才是境界,而境界需要磨炼方能得来。所谓社会交往无非是人与人的交往,而所谓社会复杂也往往是人性的复杂。人生既是旅途,自然会遇到形形色色的人,他们出身不同,环境和经历乃至价值取向不同,因而个性、思维方式和行为方式也就会有差异。如何与之交往?如何与之相处?在我看来,重要的是心态。个体与社会,就如同刀与磨刀石,无论遇到何种个性的人,都应该视为有益的磨砺。

如果我们遇到一位学养丰厚、谦谦有度的饱学之士,就如同遇上一块质地平滑的磨刀石,良好的沟通好比细致流畅的打磨,在愉悦交流的同时,能获得人生的启迪、知识的补充乃至具体的指导。这将使我们得到提升,在不断成长的同时,还能为将来的发展积蓄智慧和能量。如果遇到的是性格粗犷、个性刚强甚至刚愎自用的人,就像遇到刚硬粗砺的磨刀石,暴风骤雨式的打磨将使钝刀不断变得锋利,碰撞冲突中锤炼的是我们的自尊,即使发展受挫，只要认真坚持不懈努力，前方的成功会更诱人。从这个角度去认识，磨砺能完善人性，会使我们变得更加坚毅和刚强。如果我们遇到性格孤僻、自信自恋的人，我们应该把他当做特型磨刀石，也许与他的每一次交流都是高难度的打磨，而这种打磨恰恰是对自身一次次难得的锻炼，是对自我耐力和修养的考验。我们应该学会隐忍学会适应，从中汲取有益的元素，补充和完善自我的人格。如果人的一生能在不同时期遇到这种人，那将是人生之幸事。

事实上，不仅人与人之间性格各异，同一个人在不同的境遇下也会有不同的情绪和表现。矿石尚且会出现共生、伴生现象，同一个人复杂多变也属正常，不同的境遇、情绪都会影响人的思维方式和言辞行为：平时忠厚敦儒的领导，有一天或许会对你素来满意的行为突然横加指责；往日示强不服输的朋友，那一刻在你面前软弱得楚楚可怜。凡此种种，需要我们敏锐地体察其心绪、语音语调甚至形体动作，了解其真实态度，将心比心，在理解的基础上达成良好的沟通。

刀在各类磨刀石的打磨下日益锋利，我们在与社会各式人等的交往中走向成熟。然而，对于刀而言，磨刀石可以选择，而我们却往往无法选择将要遇上的人和环境。对于工作、生活中遇到的各类人，我们要学会去适应、去磨合。不应只是被动地承受，还要善于在交往中学习和成长。要善于观察和分析，分析他人的个性特点，思考其行为的利弊优劣，然后取人之长，补己之短，不断地完善自己。要做一个善于向别人学习的人，对你而言，他人就是磨刀石，是这个世界上独一无二的磨刀石，只有如何应用，而没有不能用之说。我们可以不喜欢某个人，但于你，他并非一无是处。不要被别人的缺点所掩盖，要善于在交往磨合中发现他人身上的闪光点，欣赏和学习他们的优点。这不仅能完善自我，还能使对方因为被重视和肯定而感到温暖和愉悦，进而乐于与我们交往。只有使我们自己先"被吸引"到他人身边去，才能将他人吸引到自己身边来，也只有懂得欣赏他人的人，才会得到更多人的欣赏，才能拥有和谐美好的人际关系。

心态决定行动，行动决定效果，以包容而执著的积极心态对人对事，你的人生之路会越走越宽。

当然，我们也会遇上那种特型的"磨刀石"，要将此看做是上帝赐予的机遇。适应这样的"磨刀石"，你才能磨去幼稚，褪掉青涩，校正认知，丰富阅历，摆正心态，改变你的习惯，改变你的行为，进而改变你的命运。知道感恩顺境固然可嘉，懂得感恩逆境才是人生智慧。

一个成熟完善的人从来不惧怕熔炼与折磨，就像钢刀需要磨刀石。

附录二

军旅生涯亦难忘

拉　　练

凌晨，一辆辆苏式的履带牵引车、法制的戴高乐牵引车，载着满车的弹药，拉着加农炮，从营区出发了。寂静的公路奏起啾啾虫鸣与车辆轰鸣的协奏曲，拉开1981年夏天野外空炮合练的序幕。目的地：厦门出发到南安洪濑。

我当时是连队的副政治指导员。因为连队的政治指导员刚提拔，暂时空位，所以我的职责不仅是副政治指导员的职责，还得兼顾政治指导员的职责。副政治指导员在战时主要是负责连队后勤保障，政治指导员负责阵

地的思想政治工作、战前动员。这次的演练是"空炮"合练，空军和地面炮兵利用飞机进行"校（音同较）靶"（利用空军对地面目标前发弹着点的误差进行适时地校正），以解决前观"校靶"的时间和准确性问题。本来这是前方观察所的功能，空军"校靶"是当时的新事物。

苏式的履带车力量大，能拖能载。这种车，拉、载8吨都没问题，力量大，油压方向盘轻而灵活，而且两边的车轮可以根据地形平衡高差，从而使得弹药和火炮的安全得到保证。但是它最大的毛病是很容易开锅，30多公里的路程就要开锅加水，也可能是老化的原因，所以被部队逐渐地淘汰,以法国制的"戴高乐"牵引车取代。

傍晚,我们就拉入阵地。这时指挥排就继续往前开设前观,炮排进入阵地放下炮火,打开炮架,开挖炮位,填埋"助除"(火炮进入阵地开挖后的防后坐、防震设施)。而炊事班就要开始解决全连的吃饭问题。团部通知各连要开始野炊竞赛,一是比时间,看谁快;二是比质量,看谁晚餐做得质量高、花样多。当时全团在炮阵地依次排开,一接到通知,以连为单位便开始争相寻找高差适合、地比较干的地方。因为中午刚刚下了一场阵雨,地比较湿,在湿地上埋锅引火是很难的。我想如果与大家一样,都这样去做,很难出彩,就与炊事班的同志们说我们可以去另找地方,并将炊事班的车拉出阵地,沿路去寻找配有食堂的单位。一路上的单位很多,我们下车问了几个单位,都没有自己开伙做饭的,就向他们打听哪里有开伙的单位。问到后,我们直奔目的地,说明是部队拉练,想暂借他们的伙房煮饭,煤炭费用我们照付。他们一听说是部队训练,十分支持,立即开灶添煤,一起动手。毕竟他们比我们熟练,很快三菜一汤(肉、鱼、青菜、西红柿蛋汤)、大锅饭半个多小时搞定并拉到阵地。战士们美美地享受了一餐。我们把此事立即上报团部,因速度快、菜肴烹调好,获全团野炊竞赛第一,这与灶的火候和单位厨师的帮助关系很大。

吃完饭,进入夜间。野营就是野外露宿。夏天雨后的野外,地下的萤火虫和田间小虫很多,天上挂着星星和月牙。战士们都抱着枪在阵地上打盹,我也席地而坐。从凌晨出发忙到夜间实在很累了,开头我和衣躺在田埂上,但很多小虫的鸣叫与叮咬实在让人受不了,只好坐起来,但还是很困。我想到"戴高乐"车高近四米,便立即爬到车蓬上去。车蓬因钢管的支撑出现三道弯处,正好可以躺一个人,我便躺在上面。可能因为车高,虫子少了很多,我睡得很好。战士们看到了也纷纷爬上来睡在车顶,车顶变成了天然的"床"。但是半夜突然下起了阵雨，我们被雨浇醒了，却忘了自己还睡在车顶，一起身就从车上滑了下来。还好是顺着滑下来，我没有受伤，只是后背和侧面有点破皮。还有几位战士也都滑了下来，因为边上都是新开挖的黄泥巴，加上下雨，我们都滚得像泥猴一样。下雨天黑，谁也看不清谁，只好急忙躲到车里。

因为还有代政指的职责，训练开始我就呆在阵地上。我们都了解炮火的威力，就在发射阵地洒满了水，因为发射时会有一团火，后座力也会推起尘土，即使是洒了水，几发以后也一样会将水烘干。有的新兵完成动作，捂着耳朵，跑到大炮的后方，而那里是震度最大、火光和尘土最多的地方。老兵倒是接近炮体。训练完，新兵的耳膜要痛几天，听力也受影响，耳边会持续着轰隆隆的响声。

训练结束讲评时，团首长主持了讲评会议。有人对我连后勤保障第一名提出疑议，认为是取巧，不是真功夫，要真正在阵地开挖做饭才算，当然也有人不这样认为。这时团政委说："兵无常势，水无常形。要懂得因地制宜，战时不可能很呆板，这倒是看出了他观察细、肯动脑。"就这样通报表扬了我们这项工作。

训练完后，我的心情很好。回驻地营房，干部带车是惯例，也就是坐在副驾驶的位置上。因为我坐的是炊事班的车，跟在炮车的后面，炮筒正对着我们。没想到前方的苏式履带车因开锅，突然熄火，车队急刹车。我的车没及时刹车反而往前冲，只觉得瞬间前面的炮筒冲着挡风玻璃迎面而来。一声巨响，炮管从我的耳边擦过，玻璃碎片洒落在身上。我一时怔住，几秒后才反应过来。本来这次的拉练表现十分理想，这下可砸了。虽然是突然刹车造成的，但是按带车干部的职责，还是有问题的。听说最后因拉练空地合练成果好，领导认为这是装备原因引起的，不能追究人为原因，让我逃过了一个处罚。也幸好老天爷保佑，否则差一寸我的脑袋就被炮筒给端

走了。

这次的野营给我的启示是：一件事可以有很多种解决方法，不要墨守成规，要因地制宜，灵活处理，但是必须符合事物发展前进的方向和最终的目标。没想到的是，回营地不久，政指的职务就向我招手了。

炮六连首届夏季"新兴奥运会"

五月末的厦门何厝已经十分炎热，战士们穿着军式"大裤衩"和汗衫，在引导员的带领下，踏着《运动员进行曲》，昂首走进连队操场，开始了1983年首届夏季连队"新兴奥运会"。

新战士入伍，从社会青年到合格战士是有一个过程。新兵连三个月的"三大条例"训练只能具备普通战士的基本条件，还不具备炮兵的特殊要求。（当时，连长因病住院，作为连队指导员的我要对连队的军务、政务一起抓。）为了加快这个转化，并结合训练科目创造性地开展基础训练，就产生了连队"新兴奥运会"。所谓"新兴"是因为所进行的项目都是与军事训练有关，所谓的"奥运会"，就是所有比赛程序大体与奥运会是一致的。

比赛以班为单位，全连共8个参赛单位，运动项目是举弹丸（因为弹丸与药筒是分开的，一发全重接近100千克），以举的次数多为胜方；抵扁担（弹丸送入炮膛后要用木棍将弹丸抵入炮膛深处），两人相向，抵出一方者胜；拔河、接力搬"助除"。这些项目都与连队的专业技术训练相结合。因为与军训结合，要求每班所有战士都要参加，新战士必须参加单独的项目。而比赛的裁判员则由连队干部和连部的文书、通信员、卫生员组成。副指导员为裁判长，我为总策划和总裁决，负责"定纷止争"。赛前一个阶段，每天晚饭后、周末，各班的训练热火朝天，不论老兵、新战士都积极地投入。经过了两个月的准备，在5月末的一个周末（因为要邀请学校学生作为观众，只能选择不上课的时间），决赛拉开帷幕。

点燃"奥运之火"。连队所在地是依托一个山地，我们用破布沾些柴油放到破旧的军用脸盆，放在山顶上，形成火炬盘；然后选择一个壮实的战士，举着倒钉在木棍上的易拉罐，放进沾了酒精的棉团，制作成简易的火炬点燃，跑向山顶投向火炬盘，点燃"奥运之火"。

连队的操场拉出了"炮六连首届夏季新兴奥运会"的横幅，四周插了小旗子，用石灰在操场上标出了各功能区的方位。何厝小学（这个小学是电影《英雄的八路》

的少先队原型）的500多名师生，扛着板凳，迈着整齐的步伐按划分好的座位入席。运动员随着何厝小学选送的引导员，举着各班的牌子，踏着"运动员进行曲"，迈着矫健的步伐进入运动场。新战士代表发言，运动员代表发言、副指导员代表连队发言，因为预赛在之前几天都已经举行，今天是决赛。最能调动人气的是举弹丸决赛，放在第一项。参加决赛的是五个班，四个炮班和有线班。比赛时五个人同时开始，挺举时可以停，但不能落地，落地比赛就结束。各班都派出了强将。因为弹丸是无抓手的，由于兴奋紧张，有的选手就会因打滑而脱手。然而在学生此起彼伏的助威呐喊声中，还是创造了比预赛高的成绩，最后是炮四班的选手拔了头筹。

拔河在有线班与三个炮班之间进行，每队8人，先进行三、四名的比赛，再决出一、二名。因为大家各先拔一场，也是公平的。战士们对这项原始的项目投入了很高的热情，不约而同地赤膊上阵。操场是黄泥巴地，所以换上新的军鞋能提高摩擦力。每个战士都呼喊着冲上阵，拉着绳子，一个接着一个，肩并着肩，脚抵着脚；体重最重的一位在最后收绳子，绕绳在腰，双脚并行。一声哨响，双方各自发力，垂直的红布条在"楚河汉界"之间来回拉锯，你来我往，各不相让，尤为壮观。师生们、战士们都站起来为选手欢呼，战士们的呐喊声，与师生们的欢呼声融成一体。比赛时间持续很长，十几分钟后戏剧性的一幕出现了，有一方基本没有气力了，只剩下手放在绳子上，靠体重支撑。这时，另一方也没有力气将这8人的体重拉动一步。双方最后都坐在了地下，成为和局。第二天这两个班的选手都起不了床，看来真正是"不遗余力"。

抵扁担（为了安全，扁担的两头用布包扎），不仅要有气力，还必须要有技巧。双方选手要在一定的范围内（宽1.5米，各长3米的区域）将对方抵出或者抵脱手。抵的角度与位置直接影响受力效果，脚步的站立与整体的发力关系重大。这项比赛主要是为弹丸的抵送到位设定的,所以强调比赛必须是新兵。比赛在四个炮班中展开。新战士没有经验,体力悬殊较大,有的一上手就滑落;有的站不住桩,一抵就滑出界;有的用不上力被抵偏。最后是一班取胜。

接力搬"助除"(用竹做成的,像秦朝的竹简,长约1.3米,直径0.5～0.6米,重量约35千克),每班两人一组,分成四组,每组以篮球场往返两次为距离,来回共八趟,主要是看两头是否踩线。本以为这个项目一定是炮班取胜,因为这是他们的看家本领,然而胜者却是有线班。想想也有道理,因为有线班训练手提、肩背、直线拉线逢山跨越,逢河趟水,过路上树架线,他们的臂力、耐力一定胜于炮班。他们应该是当时炮兵里最辛苦的,获胜有理由。

胜负都已决出,接着开始颁奖。先将连队空炮弹箱搬出来,摆成"品"字形,再抬出连队的锣鼓敲起来,奏响《解放军进行曲》，土洋结合，图个热闹喜庆。场面有点乱，但有特色。由连队干部为各班前三名颁奖，大家按顺序以第三名开始，一切按奥运会的程序进行。颁奖不仅有"奖牌"，那是用红线将海边拾来的各类贝壳串起来做成的，奖品还是物质刺激，直接发钱和吃的（从生产费中出，那时连队已经"富"起来了）。获奖的战士们着实兴奋了两三个月。

当天晚上全连会餐，杀一头猪，备海鲜（梭子蟹一班一脸盆，海蛎汤），连队的青菜自备，六菜两汤，喝自制"香槟酒"。给站岗的战士都预备了下岗后喝的"香槟酒"，大家着实大闹一番。

这种别开生面的运动会不仅增强了战士各项专业技能的基础和身体素质，而且对提高连队官兵的训练水平、加强团结、活跃部队生活、增进友谊，提供了载体。当年运动会令全连引体向上平均提高了3~4次，单杠、双杠、三练习人数提高40%，木马100%通过，跳远平均提高57厘米，而侦察班、有线班以及各炮班的各项训练水平都显著提升。官兵的整体素质明显提高。但是因为运动量大，饭量也同步加大，连队的生产也该提到议事日程了。

连队的生活，不仅是训练。军队，尤其是连队，有自己的生活文化，在不同的年代，不同的官兵素质，不同的兵种，都要结合实际创新训练和政治思想工作的方法，这是每位连队主官要考虑的课题。三十年过去了，然而连队生活的一幕幕，至今历历在目，记忆犹新。每次听到窗外警卫战士的方号声，就仿佛回到那段激情燃烧的岁月：碧空如洗，蓝宝石般的天幕上点缀着几片白云，骄阳仿佛被地面上传来的高亢拉歌声所惊扰，从云里露出了脑袋，用火样热情的目光好奇地看着小岛上那些黝黑的身影。他们拖着长长的影子在烈日下挥汗如雨，白亮的汗珠浸透了身上的绿衣，但黄土飞扬的球场上的步伐依然坚定，喊声依然嘹亮。白浪翻滚，海风习习。

坚固的掩体，深长的隧道，墨绿的营房，绿油油的菜地，日夜操练的器械，处处都留下他们年轻的英姿。一群身体里流淌着热血的战士不知疲倦地发力、吼叫、奔跑、跳跃，用青春体验、用生命感受着属于那个年代的色彩斑斓的连队生活与文化。

战士的六弦琴

观音山上种满了相思树，夹杂着偶露的各色三角梅，一年四季在绿树丛中绽放，观音山不仅绿化而且彩化了。三角梅因此成为了厦门的市花，为军营增添了不少色彩和生气。背海的山腰盖着连队的营房，呈阶梯状分布，营房的西侧是运动场地，有用土夯出的篮球场，有挖出的沙坑和体操器械。山体被"劈"出了高差，侧面用白石灰写着："发展体育运动，增强人民体质"。那时候，我任排长，与三、四班班长以及部分战士住在炮洞中。炮洞内很潮湿，尤其是冬春两季，耳边总是充斥着洞内

渗水滴滴哒哒的声响。洞内常年点灯，只有打开炮洞射口的大门，才能射入一缕阳光。射口的上方20度角以上的树枝都被清理干净，以保证实弹射击的方便、安全。当然还没有在洞内射击过。为了通风，在洞的东侧开了一个人行走道，后来还在炮洞的上方开了一个天窗，以便实战时排除烟尘。战士们在东侧的通道前布置了一个小花园以便小憩。洞中条件艰苦，然而在炮洞居住的日子里，我还经常对着《解放军文艺》《解放军报》《前线报》，将自认为好的文字裁剪下来，对照着练习了一阵子，在洞内到处张贴。练习是用旧的报纸，而贴上墙的则是白纸加花边纸，倒也自得其乐。所以到如今还是"瞎练"，自喻为"大字报体"——因小时候是看大字报并模仿而产生兴趣的。

每天，战士们除了军事训练以外，业余生活也是很丰富的。除了体育活动之外，那时社会上时髦弹六弦琴，五音不全的我也买了一把，大约50多元（很贵，相当于一个月工资）。每天对台广播的于淑珍《我们的生活充满阳光》、张爆默《鼓浪屿之波》、蒋大为《在那桃花盛开的地方》、西游记主题曲等和对岸顺风吹来的邓丽君、蔡琴、韩宝仪以及台湾校园歌曲，便成为我们模仿练习的曲子。有位山东青岛籍的战士弹得不错，入伍时就随身带了把六弦琴，因而成为我的老师。当时曾尝试过与他合作一起写歌，他谱曲，我填词，很遗憾没有成功。但是弹唱还是很能自娱自乐的，有好几个战士都买了六弦琴。每到晚饭后或者是周末我们就在东侧的花园或山腰草地上席地而坐，临海凭风，边弹边唱。不论单音还是和弦，能响就好；不论独奏还是合奏，热闹就行。没有标准，广播就是标准；不分对错，开心才最重要。不知道海风是否将这阵阵优美的琴声、歌声吹送到海峡的那一头？

有件事让我记忆犹新，这件事最终促成了一次表演。就在那一年，由何厝小学吴副校长牵线的厦门市音协来部队体验生活。连队离何厝小学很近，这所小学是电影《英雄小八路》故事发源地，吴副校长的妻子就是英雄小八路中主角的原型。我们连队派出了少先队辅导员，时常与同学们一起过队内活动。厦门市音协下连采风活动，带来了厦门师专艺术系的文艺演出队近百人。

连队来这么多文化人还是头一遭，如何接待倒是难题。

全连官兵都很兴奋，都为他们的到来准备着，连支部专门召开了会议，全连进行准备。进行卫生大扫除，特别是连部门口扫成了一条"地毯路"（就是收大粒的沙铺成4厘米厚，用绳子拉扫出一条长长的路。而路面用竹扫把扫出人字的花纹，像跳远运动一样，每跳完一次要抹平、扫净。平时走路只走两边，只有当客人来时走这条"地毯路"）。

菜地也进行了大整理。收获和种植都全部到位。猪舍也进行了大清扫。室内要求干部战士进行内务大扫除，所有的被、垫、枕巾、衣服、袜子,全部都清洗一次。战士也都进行个人卫生清洁,如理发、剪指甲等等。

因为是冬天,演出需要化妆更衣,特别是女性多,在我们都是男性的连队要考虑这方面的要求,就调整连队干部的房间,作为演员的化妆间。在每间房间的门口都标明各自的用途,并且集中全连的大衣,以备换装时用。靠外的窗户全都糊上白纸,以防窥测。厕所粉刷清理干净,特别是长时间没使用的女厕所。

演出只能在泥巴地的篮球场上。同学们的舞蹈节目,有在地上滚的动作,这很难办,只好揭下四块大卡车的篷布,拼成一个舞台,这样同学们就能很自然地表演了。

来宾的中午饭问题比较麻烦。他们来的人比连队的人还要多,连里不堪重负,最终决定杀一头猪。当天的清晨我们进行野营训练。计划中午战士们在野外就餐,来宾就在食堂。我们包包子,炒两道自己地里种的青菜,再来一碗榨菜肉丝西红柿蛋汤。

一切准备就绪。上午九时许,我们迎来了厦门市音协的老师,他们带来了厦门师专的师生,厦门市电视台、电台,《厦门日报》的记者(这些记者的到来在我们的意料之外,在当天厦门新闻播出时,我们团政治部柯主任来电话,询问情况,并提出为什么没有报告。当时我们不仅不知有媒体,也不懂得如何与媒体打交道,作为最基层的守防部队,对此真是知之甚少)。一行人中,我印象最深的是一位女老师,她身高近170厘米,留着一头短发,穿一件深色的高领毛衣,外面披着风衣,更衬出白皙的皮肤。吴副校长介绍说,这是白玫老师,是师专的副校长,也是音协的成员,祖籍江苏,来自延安鲁艺,是红色艺术家。我们边走边谈,先参观了连队战士的宿舍和内务。白色的垫单、方块的被子,没有任何皱褶;折叠并悬挂的蚊帐;所有抽屉都拉开,物品堆放有序;洗刷用具、脸盆、菜缸,甚至牙刷的朝向都整齐划一,这充分体现了战士的良好养成,体现了军人的美。

之后，我们进入隧道、阵地，再到菜地、猪圈、食堂。在食堂，大家围坐在一起，我介绍了连队的发展史和连队里的军训，以及战士们对生活的向往，特别提到了对知识的渴望。我们连队在1958年炮战后，再次荣获福州军区授予的连队集体三等功。

白玫老师兴致很高，提议到我的房间参观一下（1982年下半年，我担任连队政治指导员，分配了单间宿舍，我进行了简单布置）。我的办公桌前贴了一张自己打印的表格，将自秦到清历朝历代的帝王名号、都城名称、存续时间等都罗列其中，方便记忆；空墙上则录题了萧伯纳的一句名言——"人生有两出悲剧，一出是心灰意冷，一出是踌躇满志"，用以自勉。白老师看了以后饶有兴趣地与我谈起了学习、个人兴趣和个人情况。她回去后写了一篇散文，发表在当时的《厦门日报》，高度赞扬了当代军人的艰苦奋斗、热爱生活，特别是苦中作乐的精神，并将战士们在艰苦条件下创造出的成绩与当时学校的师生进行比较。她写了一封信给我,请我转业到学校工作并学习,说她家也有两个跟我年龄相仿的孩子,可以一起学习生活,并寄来了文章的初稿,以及厦门机场通航的纪念章。后来因为召开福州军区"海防之声音乐通讯赛",我又去请白老师指导,得到了热情的接待和支持。遗憾的是,调回福州后没有来往,而且因为长期离开连队,她的初稿也遗失了。2003年我去厦门集美打听她时,她已去世。

参观完连队,大家来到操场。这时何厝小学的600多名师生以及连队的战士已经排队坐好。师专的师生为我们表演了他们带来的节目。连队进行了队列训练,以班为单位的分列式;炮排的战士进行炮操演练。分列式以班为单位显然没有气势,人太少了,但是战士整齐划一的动作展示了一个训练有素的整体,尤其是战士的炮操从拉开炮架到填弹(教练弹)射击,一气呵成。音协老师、师专师生和小学生不禁起立欢呼。最后,我和战士们表演了吉他弹唱《拉滋之歌》《在那桃花盛开的地方》和《外婆的澎湖湾》。这出乎这些音乐行家意料之外，他们没想到在这只驻扎着一个连队的地方，还能有这么多快乐、时尚的年轻战士！

战士的六弦琴正式登台表演是第一次，也是最后一次。

附录三

读《采采乡音》有感

◎林乂良

采采乡音忆往昔,童心童趣事事及。

花鸟虫鱼且为伴,青山明月任我行。

采采乡音故土行,感同身受心欢喜。

泥香草香诉亲情,哲思文采众称奇。

朝花夕拾花愈芳
——简评散文集《采采乡音》

◎军旅途中

先生已过知命之年,公务繁忙却笔耕不辍,采撷童年生活的点点滴滴,由感而发,由心而发,写成回忆性散文集《采采乡音》,追忆难于忘怀的童年往事,抒发对故土乡情的深深眷念、对亲人师长的无限怀念。

先生"以吾手写吾心",对童年趣事,信手拈来,抓鱼摸蟹,农忙秋收,虽平淡叙事,却自然生动,字里行间透露出来的那份童真童趣使读者感同身受,仿佛置身于先生笔下那令人神往的田园风光之中,尽情演绎童年的天真烂漫;对亲人师友,饱含深情,将家常人事娓娓谈来,文辞朴实,不事雕琢,但真情实感溢于笔端,使读者在情感共鸣中静静体会"极淡之笔,极致之情"的幽幽意境。

朝花夕拾如老酒新酿,酒更醇而花愈芳。在时代的变迁中,传统乡村与现代文明强烈碰撞。儿时玩耍的沙滩池塘可能已被高楼厂房替代,儿时期待的乡间习俗或许已逐渐被淡忘,甚至于消失……时过境迁之后,那段蕴藏于昔日乡土人文中的童年记忆更加弥足珍贵;垂老暮年之时,再回首这段人生初春,是多么动人心弦、韵味隽永。

在喧嚣闹市的一角,安静地读完这十几篇散文,掩卷而思,那斑斓绚丽的童年画卷越来越近地浮现于眼前,而孕育承载这美好画卷的旧日乡村却渐行渐远地失落在"现代化"之中,几许唏嘘慨叹之余,更添几多回味与遐思……

朝花如何夕拾
——读《采采乡音》

◎林 滨

博主把自己回望童年、回望乡村的散文集起名为《采采乡音》。"采采"两字尤其让人喜欢。采采,有"茂盛、众多"之意,又有"采了又采"之说,还表示华饰与美妙的乐声。我以为这样的书名与这个集子天衣无缝地统一起来了。

博主用他的文字为我们构筑了一个远去的乡村场景,这里花果飘香、鱼虾丰足、风情浓郁、人情浓原……这些生活,随着现代化的进程发展,成为让无数人"深情凝望"(博主语)的精神之乡了。博主用简洁的文字为读者们呈现出自己魂牵梦萦的故乡——福州建新镇,安宁却又江湖的味道（福威镖局），有久富盛名的水果，还是"文儒之乡"。且看博主的童年与乡村生活有多少美好的事情啊。他在散文集的自序里写道："记忆总被绚丽的色彩、芬芳的香气所围绕：后山的荔枝滋润着口舌，闽江的潮水抚摸着双臂，还有池塘里的虾蟹鱼、门前的橄榄龙眼……它们满满当当地装扮了我的整个童年。"是的，在这本散文集里我们可以看到"满满当当"的童年趣事、看到春夏秋冬的绚烂色彩、寻常村落的人间温情。夏天那一段段精致的华彩里，有池塘的鱼虾和后山的水果，此时抓鱼摸蟹钓虾，摘柚子摘橄榄摘龙眼偷甘蔗，在与家一箭之隔的闽江里戏水，夜捕麻雀青蛙……这些奇妙有趣的童年往事召唤出有共同经历的读者的情感，抚慰着原乡之愁；这些趣事，又给没有过同样经历的读者以全新的世界，感动着自己。有了这么多动人的情境，人生的意趣将更加生机勃勃！

难能可贵的是，博主能够"采之又采"，撷取最能展示童真童趣的地方加以描绘。天真无邪的儿童生活中的种种趣事,是儿童心灵以及心理状态的真切和生动、活泼的描绘。而此等儿童趣事和心灵描绘,具有如下一些难能可贵的独特色彩。我不由地想起鲁迅的《朝花夕拾》,鲁迅捡拾人生的往事,展现自己无限飞扬的内心,他回忆童年的作品如《从百草园到三味书屋》《阿长与山海经》尤为经典,给多少读者带去童趣盎然的美好回味。博主曾说,在他的作品出版之前在博客上发表的时候,引起许多素不相识的网友们的热烈呼应。我想这些童年的诗与真,是每个人心底最纯粹最透彻的部分,由博主用他的《采采乡音》牵引,我们久藏于心的情感被他激活,便共鸣起来!

  正是博主提供了以上的两种元素,让我们感受到丰沛情感与华美的心灵回音。我这么说的原因是,我从博主貌似平凡的童年撷趣中,感受到了一种深沉的力量。这是他的精神谱系——从故乡而来的古老信念得到不断重申!诚如他在自序里写道的那样:"乡村滋润了我的人生,丰富了我的视野","带给我自信,一种坚强面对人生的力量"。这是写作者真正的快乐,他的写作是扎根的,是有值得追问的精神来源——他写作的秘密是潜藏在他那些感受、经验和记忆的根须上的。

博主用自己的小视角来发现世界、理解人生。他是可以骄傲的,能赢得读者尊敬的。波兰伟大诗人米沃什说过一句话:"我到过许多城市,许多国家,但没有养成世界主义的习惯,相反,我保持着一个小地方人的谨慎。"故园的春色是最美的,童年的记忆是最生动的!

这个时候再朗读一下散文集的书名——采采乡音,有无限多的回味——繁茂的美好体验在身边袅袅升起!

后 记

记录"村野童趣",是害怕忘却。

记忆串联着我们的历史,记忆使过去鲜活得仿佛就在眼前。村野童趣里,有我懵懂的童稚真趣,有我生涩的少年青葱,还有我朦胧的亲情恋情。在这里,快乐与美好遍布记忆的深沟浅壑。

大概写到五六篇的时候,我拿给女儿看。读毕,她好奇地问我,这写的是什么地方,如此美好?我说就是咱们的老家。她不信,说没看到过这些。

是的,记忆里的美好现在已面目全非。对女儿来说,这样的情景既无法再现,这样的生活更无从体会。那堤外的沙滩、芦苇和甘蔗地已无踪影可觅；茉莉花、白玉兰被砍倒而不复存在。妙峰山成了陵园，山下的池塘已被填平，别墅与垃圾共撑其上风景。数十年无人管理的果树早已枯萎。年轻人大多外出谋生。外婆、"蛋蛋弟"曾经住过的村庄，布满了违章建筑，接纳着拖家带口的民工，东西南北各色方言成为主调，我的乡音变得那么脆弱。每每回家，都恍如行走在他乡，只有见到白发老母，那失落与不安才稍有解。今年春节回家，听说这一片都将拆除，作为三环路的安置房用地和房地产开发用地。

历来，这是块宝地。出门交通便利、临江风水好，出过状元，商贾云集，还是闽剧的发源地。可现在，人们举着所谓现代化的大刷，将又一次对历史的深沟浅壑进行抹刷，直至抹平我们的记忆：几十层高的楼房，一座又一座，拷贝着他处的风景，使之最终变成一个没有记忆的城市。村庄、村庄生活、村庄文化将一起消失。我钟爱的民俗——闽剧、社戏、龙舟、评话、烧香祭祖、

"半蛋"、游神,甚至那浓浓的乡情、宗亲祠规,它们是将附依还是将随之而去?

经济快速发展,然而我们为后人留下了什么?是延续历史还是割裂历史?我们自诩的所谓现代化城市,难道真的更适合人类居住吗?

这本小书中的文章,都曾在我的博客上"露面"。让我感动与欣慰的是,在这里我遇到了知音,他们对我的小文产生了兴趣并给我鼓励,或电话探讨或文字留言,甚至为之辛苦修正。文章顺利结集有大家的一份功劳。福建日报社的张兆年先生在百忙中为之配画解读,篆刻家陈金光先生为之勒石治印。这绝不是文章的文字水平有多高,而是那一个个场景,说出了大家共同的经历与体验,也说出了大家的感慨与无奈,它唤起了大家心灵柔软的一隅,为之不舍。这令我更加确信并坚守,一切情与爱,才是生命的真正价值。我感谢因为文字机缘而结识的精神之朋辈与心灵之友人,也感慨自己在回望来路之时,依然怀有激动、快乐与感恩,这正是童年赋予我的。

林依标

2011年3月

(林依标专题博客"十八亿亩"http://blog.sina.com.cn/linybblog)